輔仁大學國文選編輯委員會
林郁迢◎召集人
王欣慧◎主編
王秀珊、余育婷、李鵑娟、邱文才、林郁迢、
陳恬儀、黃培青、黃澤鈞、劉雅芬、鍾秩維◎編撰

經濟成長

大學國文選

下冊

SDGs

環境保護

五南圖書出版公司 印行

總序

輔仁大學是一所天主教大學，旨在培養出身心靈整合的全人，全校國文課程交由中國文學系負責主導。因此，課程教育目標除了增進學生語文、寫作、思辨的能力，更重在啓迪學生探討生命與人生的意義，充實人文素養、建構生命倫理價值，並提升其社會參與的能力。

為達成上述目標，編纂合適的教材益顯重要，尤其現代社會在科技發展一日千里的情況下瞬息萬變，一本優質的國文選，不僅需要融通古今，更需要與時俱進、靈活變通、適時調整。中文系自九十九學年度起，即就國文課程教學現況綜合檢討，以「蘊涵臺灣文化與社會共同情感及價值」為主題，從原有的《輔大國文選》內容進行篩選，並增添許多現當代作品，編成《大學國文選》，以呼應當時語境。至一〇八學年度評估各學院學生學習風格與思維邏輯不同，以為國文教學更應當與學生生活經驗結合，以提高學習興趣及學以致用的效果，因此重新設計課程，將《大學國文選》修編為上、下兩編：上編以強化生命教育為主軸，為全校學生通用教材；下編考量學科領域需求差異，分編為「轉化與創造」、「科技與人文」、「個人與社會」、「醫學與人文」四冊，以呼應各學院特色，強化以人為本的特色。時至一一三學年度，無論產業界、學術界，一致強調未來人才需具備跨域整合的能力，緣此勢必再次思考《大學國文選》編纂方向。

適逢聯合國宣布「永續發展目標」將屆滿十年，當中包含的消除貧窮、減緩氣候變遷、促進性別平權等十七項議題，在歷次編纂的《大學國文選》中皆有觸及，但為使永續發展主題更加明確，並讓學生更能聚焦反思全球推動SDGs十年來的經驗與成果，特別以SDGs所涵蓋的「經濟成長」、「社會進步」、「環境保護」三大領域為修編方向，再加上可呼應SDGs第十六項（和平、正義及健全制度）及第十七項（多元夥伴關係）目標的本校特色「生命教育」，以此四大主軸整合跨域知識，引導學生認識永續、邁向永續。

選文方面，除了挑選歷來輔大國文選中備受師生青睞的作品外，更增加了許多有關於「族群」、「霸凌」、「偏鄉」、「移工」、「環保」、「經濟」等當前社會所關注議題的篇章，相信一定能實踐聯合國永續發展的目標及輔仁大學全人教育的理念。

輔大文學院院長

王欣慧

目次

環境保護篇

經濟成長篇

導讀／黃澤鈞、鍾秩維

《紅樓夢．第56回　敏探春興利除宿弊／賢寶釵小惠全大體》／曹雪芹

《管子》選／佚名

〈大水河畔的童年〉／鄭清文

〈致島嶼〉、〈誰在乎〉／溫奇

〈我好土〉／蔡珠兒

〈霞歌〉、〈有人問我公理與正義的問題〉／楊牧

〈送行〉／袁哲生

〈媽祖宮的籤詩〉／吳敏顯

〈台灣媳婦〉／林立青

導讀

黃澤鈞、鍾秩維

雖然自從東晉時期開始，中文文獻裡即陸續出現「經世濟俗」與「經國濟民」一類的語彙[1]，然而現代中文當中的「經濟」，卻輾轉來自明治時代的日本。當時先是日本知識人以「經濟」（けいざい）翻譯西洋的「economy」再由梁啓超引進中國，由此樹立了當代中文裡「經濟」一詞的意涵。而現今英文中的「economy」也是淵遠流長的古老詞語：在古希臘文中，「economy」原指一家一戶的管理（household management），又有節約（thrift, frugality）之意，而在十七世紀中葉，它才逐漸發展出「一國的財富與資源」（wealth and resources of a country），這般更貼近當代所謂「經濟」之謂的內涵。

奠基於上述說明，概可推知現代「經濟」活動的幾項特質：首先，從字源上來看，「經濟」始終都與一特定社群（小至家戶，大至國家）的財富資源相關；另一方面，對待「我們」所有的財富資源，吾人不可揮霍無度，而需管理，而需有節有度。其次，站在較爲象徵的角度來看，「經濟」一詞由西洋而東洋，從日文到中文的行旅/翻譯軌跡，毋寧暗示著現代以還，世界，以及世界經濟的加速一體化。全球化市場既已成爲難以逆轉的趨勢，經濟史家遂有「世界是平的」（the world is flat）的宣稱。唯獨經濟的發展卻未必保證人

[1]「經」本有謀劃、治理之義。《詩．大雅．江漢》「經營四方，告成于王」、《詩．大雅．靈臺》「經始靈臺，經之營之」、《國語．楚語上》「吾子經營楚國」等均為此義。而後將「經世」與「治國」並列，《抱朴子．審舉》：「故披〈洪範〉而知箕子有經世之器，覽〈九術〉而見范生懷治國之略。」而「經世濟民」一語，便簡稱為「經濟」，如《晉書．殷浩傳》：「足下沈識淹長，思綜通練，起而明之，足以經濟。」

類全體的富足，事實可能相反：「平坦」的世界雖然有效促進差異經濟體之間交換有無的互惠來往，然而與此同時，世界的財富卻也依沿平滑的軌道更迅速地朝特定方向（階級、族群、國家）滑動堆積。

在這個意義上，若要設想「經濟永續」——理論上是所有全體人類，乃至所有物種，都雨露均霑——的願景，除了聚焦有限的資源提出更妥善的調度管理方法，批判經濟不平等分配的現象亦勢所當然。本主題的選文即是圍繞這兩條主軸加以開展。

如上所述，經濟發展是人類文明發展不可或缺的一環，然而在經濟發展的情況下，要如何顧及永續發展，是現在社會面臨的挑戰。在先秦典籍中，反映的「天人合一」思想與「永續發展」密不可分。《周易．乾．文言》有：「子曰：『同聲相應，同氣相求；水流濕，火就燥，雲從龍，風從虎。聖人作而萬物睹。本乎天者親上，本乎地者親下，則各從其類也』。」強調人與大自然相應。《道德經》第二十五章更是進一步提出：「人法地，地法天，天法道，道法自然。」以大自然作爲人類行爲的準則。在對於自然資源的使用上，不論是儒家、道家或是墨家，都強調取其所需而不浪費，《論語．述而》「子釣而不綱，弋不射宿」、《孟子．梁惠王上》「數罟不入洿池，魚鱉不可勝食也，斧斤以時入山林，材木不可勝用也」，甚至反對過度開發，與自然和諧共處。

關於《管子》一書，目前學界認爲是戰國時稷下學派託名春秋時齊國名臣管仲而作，其背後思想以法家爲主，亦兼有儒道思想。《管子》重視國家長久的治理、社會整體的安定，以及對於資源的合理運用，都與永續發展密切相關。由於齊國臨海，對於海洋資源的運用遠勝於其他諸侯，選文中《管子．乘馬》指出，在國家的治理當中，土地合理分配的重要性，與SDG1「終結貧窮」、SDG2「消除飢餓」、SDG10「減少不平等」都有密切關係。《管子．海王》提到對於海洋資源的重視，與SDG12「責任消費及生產」、SDG14「保育海洋生態」相關。齊國重視商業發展，在《管子．輕重》中，管仲告訴齊桓公經濟實力的重要性，如何透過經濟改變國家的實力。特別是讓楚國忙著養鹿而忽視稻穀的生產，用強大的經濟實力掏空衡山國。這與SDG2「消除飢餓」、SDG8「合適工作及經濟成長」、SDG17「多元夥伴關係」都有密切關係。

曹雪芹的《紅樓夢》是中國古典小說集大成的巨作。一般閱讀《紅樓夢》的重點大抵擺放在賈寶玉與林黛玉等金釵的悲劇，無論是身世的多舛，又或愛情的不幸。然而紅樓人物可嘆命運的展開，其實伴隨賈府興衰起伏的變化；換句話說，紅樓世界除了由情感的線條描繪，亦奠定於現實，尤其經濟的基礎：前者當以寶黛愛情爲主軸，後者則可援用此處所選的第五十六回：〈敏探春興利除宿弊/賢寶釵小惠全大體〉爲例。這一章承接五十五回，王熙鳳生病，將管理家務之事委由李紈、探春與寶釵執行。探春敏銳察覺賈府不合理的開銷過多，大觀園的管理亦應當製作一套更具生產力的規劃表，遂擘畫一套治理的辦法；寶釵則提醒，儘管「興利節用」理所當然，同時卻也得顧及人情義理，適當給予恩惠方是長久之道。探春的意見接近現代管理學施諸人力與組織的精簡或活用倡議，寶釵的提醒分別顯示類近績效獎勵，乃至年終獎金的精神，曹雪芹稱許前者之「敏」，認可後者爲「賢」，良有以也。而以當今角度視之，探春和寶釵無疑深具永續經濟的洞見。本課文可參考對應的永續指標爲SDG7「可負擔的潔淨能源」、SDG8「合適的工作及經濟成長」與SDG12「責任消費及生產」。

至於現代選文則以兩組（四首）現代詩爲代表：現代詩巨擘楊牧（一九四〇—二〇二〇）的〈霰歌〉以及〈有人問我公理與正義的問題〉，與原住民詩人溫奇（一九五六—）的〈致島嶼〉和〈誰在乎〉。相對於本主題揀擇的古典文本比較著眼「更妥善的調度管理方法」，現代文本則對「經濟不平等分配的現象」留心較多，批判尤深。楊牧本名王靖獻，出生花蓮，六〇年代留學美國時期遭遇全球性的反抗運動，其人攻讀博士的加州大學柏克萊分校更是造反的基地。全球六〇年代（Global Sixties）的主旋律圍繞反戰（越南戰爭）與批判資本主義體制展開，〈霰歌〉致意的雖然主要是反戰論述，但毋寧也側面地折映出整個世代不滿既有經濟體制的焦慮感。至於〈有人問我公理與正義的問題〉乃是從省籍族群出發，對八〇年代臺灣社會山雨欲來的劇變作出的寓言。而相當有趣地，這首詩選用在山地部落栽種源自日本的「二十世紀梨」——亦即一個經濟全球化的結果——來作爲臺灣認同轉折的背景。溫奇，漢名高正義，族語名Ljavuras Giring，臺東排灣族人。〈致島嶼〉一詩描寫過度開發招致的環境惡果；〈誰在乎〉細數被制度性邊緣化的原住民族，在遠洋漁船、工地鷹架、坑道甚或妓院沉淪的身影，而對此發出悲憤的不平之鳴。整體而言，楊牧與溫奇一方面以批判的角度對經濟永續提出建言，另一方面亦呈現經濟問題與政治、環境與族群等元素的多元鑲嵌。本系列課文可參考對應的永續指標爲SDG1「終結貧窮」、SDG10「減少不平等」以及SDG16「和平、正義及健全制度」。

本單元所選課文與SDGs❷對應細目一覽表

	課文名稱	作者	SDGs對應細目
1	《紅樓夢・第56回　敏探春興利除宿弊／賢寶釵小惠全大體》	曹雪芹	7.1、7.3、8.3、8.5、12.2、12.8
2	《管子》選	佚名	1.1、1.3、2.1、2.2、2.3、8.5、8.6、10.1、10.4、12.2、12.3、14.4、17.1、17.15
3	〈大水河畔的童年〉	鄭清文	1.2、1.3、10.2、10.3、11.4、11.A

❷二〇一五年，聯合國宣布了「二〇三〇永續發展目標」（Sustainable Development Goals, SDGs），SDGs包含十七項核心目標，其中又涵蓋了一百六十九項細項目標、兩百三十項指標，指引全球共同努力、邁向永續。

	課文名稱	作者	SDGs對應細目
4	〈致島嶼〉	溫奇	1.2、1.3、10.2、10.3、11.4、11.A
5	〈誰在乎〉	溫奇	1.2、1.3、10.2、10.3、11.4、11.A
6	〈我好土〉	蔡珠兒	1.2、1.3、10.2、10.3、11.4、11.A
7	〈霰歌〉	楊牧	1.2、1.3、10.2、10.3、11.4、11.A
8	〈有人問我公理與正義的問題〉	楊牧	1.2、1.3、10.2、10.3、11.4、11.A
9	〈送行〉	袁哲生	1.2、1.3、10.2、10.3、11.4、11.A
10	〈媽祖宮的籤詩〉	吳敏顯	1.2、1.3、10.2、10.3、11.4、11.A
11	〈台灣媳婦〉	林立青	1.2、1.3、10.2、10.3、11.4、11.A

《紅樓夢・第56回　敏探春興利除宿弊／賢寶釵小惠全大體》

曹雪芹

話說平兒陪著鳳姐吃了飯，伏侍盥漱畢，方往探春處來，只見院中寂靜，只有丫鬟婆子，一個個都站在窗外聽候。平兒進入廳中，他姐妹姑嫂三人正商議些家務，說的便是年內賴大家請吃酒，他家花園中事故。見他來了，探春便命他腳踏上坐了，因說道：「我想的事，不為別的，只想着我們一月所用的頭油脂粉又是二兩的事。我想咱們一月已有了二兩月銀，丫頭們又另有月錢，可不是又同剛才學裏的八兩一樣重重疊疊？這事雖小，錢有限，看起來也不妥當，你奶奶怎麼就沒想到這個呢？」

平兒笑道：「這有個原故：姑娘們所用的這些東西，自然該有分例，每月每處買辦買了，令女人們交送我們收管，不過預備姑娘們使用就罷了；沒有個我們天天各人拿着錢，找人買這些去的。所以外頭買辦總領了去，按月使女人按房交給我們。至於姑娘們每月的這二兩，原不是為買這些的，為的是一時當家的奶奶太太，或不在家，或不得閑，姑娘們偶然要個錢使，省得找人去：這不過是恐怕姑娘們受委屈意思。姐今我冷眼看着，各屋裏我們的姐妹都是現拿錢買這些東西的竟有了一半子。我就疑惑不是買辦脫了空，就是買的不是正經貨。」操春李紈都笑道：「你也留心看出來了！脫空是沒有的，只是遲些日子；催急了，不知那裏弄些一來，不過是個名兒，其實使不得，依然還得現買。就用二兩銀子，另叫別人的奶媽子的弟兄兒子買來，方才使得。要使宮中的人去，依然是那一樣的，不知他們是什麼法子？」平兒便笑道：「買辦買的是那東西，別人買了好的來，買辦的也不依他，又說他使壞心，要奪他的買辦。所以他們寧可得罪了裏頭，不肯得罪了外頭辦事的。要是姑娘們使了奶媽子們，他們也就不敢說閑話了。」

探春道：「因此我心裏不自在，饒費了兩起錢，東西又白丟一半！不知竟把買辦的這一項每月蠲了爲是。此是第一件事。第二件，年裏往賴大家去，你也去的：你看他那小園子，比咱們這個如何？」平兒笑這：「還沒有咱們這一半大，樹木花草也少多着呢。」探春道：「我因和他們家的女孩兒說閑話兒，他說這園子除他們帶的花兒，吃的笋菜魚蝦，一年還有人包了去，年終足有二百兩銀子剩。從那日，我才知道一個破荷葉，一根枯草根子，都是值錢的。」

寶釵笑道：「眞眞膏粱紈袴之談！你們雖是千金，原不知道這些事，但只你們也都念過書，識過字的，竟沒看見過朱夫子有一篇『不自棄』的文麼？」探春笑道：「雖也看過，不過是勉人自勵，虛比浮詞，那裏眞是有的？」寶釵道：「朱子都行了虛比浮詞了？那句句都是有的。你才辦了兩天事，就利欲熏心，把朱子都看虛浮了。你再出去，見了那些利弊大事，越發連孔子也都看虛了呢？」探春笑道：「你這樣一個通人，竟沒看見姬子書？當日姬子有云：『登利祿之場，處遠籌之界者，窮堯舜之詞，背孔孟之道，……』」寶釵笑道：「底下一句呢？」探春笑這：「如今斷章取意；念出底下一句，我自己罵我自己不成？」寶釵道：「天下沒有不可用的東西，既可用，便值錢。難爲你是個聰明人，這大節目正事竟沒經歷。」李紈笑道：「叫人家來了，又不說正事，你們且對講學問！」寶釵道：「學問中便是正事。若不拿學問提着，便都流入市俗去了。」

三人取笑了一回，便仍談正事。探春又接說道：「咱們這個園子，只算比他們的多一半，加一倍算起來，一年就有四百銀子的利息。若此時也出脫生發銀子，自然小器，不是咱們這樣人家的事；若派出兩個一定的人來，既有許多值錢的東西，任人作踐了，也似乎暴殄天物：不如在園子裏所有的老媽媽中，揀出幾個老成本分，能知園圃的，派他們收拾料理。也不必要他們交租納稅，只問他們一年可以孝敬些什麼。一則園子有專定之人修理花木，自然一年好似一年了，也不用臨時忙亂；二則也不致作踐，白辜負了東西；三則老媽媽們也可借此小補，不枉成年家在園中辛苦；四則也可省了這些花兒匠、山子匠並打掃人等的工費：將此有餘，以補不足，未爲不可。」

寶釵正在地下看壁上的字畫，聽如此說，便點頭笑道：「善哉，三年之內，無饑饉矣。」李紈道：「好主意！果然這麼行，太太必喜歡。省錢事小，園子有人打掃，專司其職，又許他去賣錢，使之以權，動之以利，再無不盡職的了。」平兒道：「這件事須得姑娘說出來，我們奶奶雖有此心，未必好出口。此刻姑娘們在園裏住着，不能多弄些玩意兒陪襯，反叫人去監管修理，圖省錢，這話斷不好出口。」

寶釵忙走過來，摸著他的臉笑道：「你張開嘴，我瞧瞧你的牙齒舌頭是什麼做的？從早起來，到這會子，你說了這些話，一套一個樣子：也不奉承三姑娘，也不說你們奶奶才短想不到；三姑娘說一套話出來，你就有一套話回奉，總是三姑娘想得到的，你們奶奶也想到了，只是必有個不可辦的原故，——這會子又是因姑娘們住的園子，不好因省錢令人去監管。你們想想這話，要果眞交給人弄錢去的，那人自然是一枝花也不許掐，一個果子也不許動了，姑娘們分中，自然是不敢講究，天天和小姑娘們就吵不清。他這遠愁近慮，不抗不卑，他們奶奶就不是和咱們好，聽他這一番話，也必要自愧的變好了。」探春笑道：「我早起一肚子氣，聽他來了，忽然想起他主子來：素日當家，使出來的好撒野的人，我見了他更生氣了。誰知他來了，避貓鼠兒似的，站了半日，怪可憐的。接着又說了那些話，不說他主子待我好，倒說『不枉姑娘待我們奶奶素日的情意了』，這一句話，不但沒了氣，我倒愧了，又傷起心來。我細想：我一個女孩兒家，自己還鬧得沒人疼沒人顧的，我那裏還有好處去待人？」口內說到這裏，不免又流下淚來。

李紈等見他說得懇切，又想他素日趙姨娘每生誹謗，在王夫人跟前，亦爲趙姨娘所累，也都不免流下淚來，都忙勸他：「趁今日清淨，大家商議兩件興利剔弊的事情，也不枉太太委托一場。又提這沒要緊的事做什麼！」平兒忙道：「我已明白了。姑娘說，誰好，竟一派人，就完了。」探春道：「雖如此說，也須得回你奶奶一聲兒。我們這裏搜剔小利，已經不當，——皆因你奶奶是個明白人，我才這樣行；若是糊塗多歪多妒的，我也不肯，倒像抓他的乖的似的。豈可不商議了行呢？」平兒笑道：「這麼着，我去告訴一聲兒。」說着去了，半日方回來，笑道：「我說是白走一趟。這樣好事，奶奶豈有不依的！」

探春聽了，便和李紈命人將園中所有婆子的名單要來，大家參度，大概定了幾個人。又將他們一齊傳來，李紈大概告訴給他們。眾人聽了，無不願意。也有說：「那片竹子單交給我，一年工夫，明年又是一片。除了家裏吃的筍，一年還可交些錢糧。」這一個說：「那一片稻地交給我，一年這些玩的大小雀鳥的糧食，不必動宮中錢糧，我還可以交錢糧。」

探春才要說話，人回：「大夫來了，進園瞧史姑娘去。」眾婆子只得去領大夫。平兒忙說：「單你們，有一百也不成個體統。難道沒有兩個管事的頭腦兒帶進大夫來？」回事的那人說：「有吳大娘和單大娘，他兩個在西南角上聚錦門等著呢。」平兒聽說，方罷了。

眾婆子去後，探春問寶釵：「如何？」寶釵笑答道：「幸於始者怠於終，善其辭者嗜其利。」探春聽了，點頭稱贊，便向冊上指出幾個來與他三人看。平兒忙去取筆硯來。他三人說道：「這一個老祝媽，是個妥當的，況他老頭子和他兒子，代代都是管打掃竹子，如今竟把這所有的竹子交與他。這一個老田媽，本是種莊家的，稻香村一帶，凡有菜蔬稻稗之類，雖是玩意兒，不必認眞大治大耕，也須得他去再細細按時加些植養，豈不更好？」探春又笑道：「可惜蘅蕪院和怡紅院這兩處大地方，竟沒有出息之物？」李紈忙笑道：「蘅蕪院裏更利害！如今香料鋪並大市大廟賣的各處香料香草兒，都不是這些東西？算起來，比別的利息更大！怡紅院別說別的，單只說春夏兩季的玫瑰花，共下多少花朵兒？還有一帶籬笆上的薔薇、月季、寶相、金銀花、藤花，這幾色草花，乾了賣到茶葉鋪藥鋪去，也値好些錢。」探春笑着點頭兒，又道：「只是弄香草沒有在行的人。」平兒忙笑道：「跟寶姑娘的鶯兒他媽，就是會弄這個的。上回他還採了些曬乾了，編成花籃葫蘆給我玩呢。姑娘倒忘了麼？」寶釵笑道：「我才贊你，你倒來捉弄我了。」三人都詫異問道：

「這是爲何？」寶釵道：「斷斷使不得。你們這裏多少得用的人，一個個閑着沒事辦，這會子我又弄個人來，叫那起人連我也看小了。我倒替你們想出一個人來：怡紅院有個老葉媽，他就是焙茗的娘，那是個誠實老人家；他又合我們鶯兒媽極好。不如把這事交與葉媽，他有不知的，不必咱們說給他，就找鶯兒的娘去商量了。那怕葉媽全不管，竟交與那一個，這是他們私情兒，有人說閑話，也就怨不到咱們身上。如此一行，你們辦的文公道，於事又妥當。」李紈平兒都道：「很是。」探春笑道：「雖如此，只怕他們見利忘義呢。」平兒笑道：「不相干。前日鶯兒還認了葉媽做乾娘，請吃飯吃酒，兩家和厚的很呢。」探春聽了，方罷了。又共斟酌出幾個人來，俱是他四人素昔冷眼取中的，用筆圈出。

一時婆子們來回：「大夫已去。」將藥方送上去，三人看了，一面遣人送出外邊去取藥，監派調服；一面探春與李紈明示諸人：某人管某處，「按四季，除家中定例用多少外，餘者任憑你們採取去取利，年終算賬。」探春笑道：「我又想起一件事：若年終算賬，歸錢時，自然歸到賬房，仍是上頭又添一層管主，還在他們手心裏，又剝一層皮。這如今我們興出這件事，派了你們，已是跨過他們的頭去了，心裏有氣，只說不出來；你們年終去歸賬，他還不捉弄你們等什麼？再者，這一年間，管什麼的，主子有一全分，他們就得半分，這是每常的舊規，人所共知的。如今這園子是我的新創，竟別入他們的手，每年歸賬，竟歸到裏頭來才好。」寶釵笑道：「依我說，裏頭也不用歸賬，這個多了，那個少了，倒多了事。不如問他們誰領這一分的，他就攬一宗事去。不過是園裏的人動用。我替你們算出來了，有限的幾宗事，不過是頭油、胭粉、香、紙，每一位姑娘，幾個丫頭，都是有定例的；再者各處笤帚、簸箕、撣子，並大小禽鳥、鹿、兔吃的糧食。不過這幾樣。都是他們包了去，不用賬房去領錢。你算算，就省下多少來？」平兒笑道：「這幾宗雖小，一年通共算了，也省的下四百多銀子。」

寶釵笑道：「卻又來！一年四百，二年八百兩，打租的房子也能多買幾間，薄沙地也可以添幾畝了。雖然還有敷餘，但他們既辛苦了一年，也要叫他們剩些，粘補自家。雖是興利節用爲綱，然也不可太過，要再省上二三百銀子，失了大體統，也不像。所以這麼一行，外頭賬房裏一年少出四五百銀子，也不覺的很艱嗇了；他們裏頭卻也得些小補；這些沒營生的媽媽們，也寬裕了；園子裏花木，也可以每年滋長繁盛；就是你們，也得了可使之物：這庶幾不失大體。若一味要省時，那裏搜尋不出幾個錢來？凡有些餘利的，一概入了宮中，那時裏外怨聲載道，豈不失了你們這樣人家的大體？如今這園裏幾十個老媽媽們，若只給了這個，那剩的也必抱怨不公；我才說的他們只供給這個幾樣，也未免太寬裕了。一年竟除這個之外，他每人不論有餘無餘，只叫他拿出若干吊錢來，大家湊，單散與這些園中的媽媽們。他們雖不料理這些，卻日夜也都在園中照料；當差之人，關門閉戶，起早睡晚，大雨大雪，姑娘們出入，擡轎子，撐船，拉冰床，一應粗重活計，都是他們的差使：一年在園裏辛苦到頭，這園內既有出息，也是分內該沾帶些的。——還有一句至小的話，越發說破了：你們只顧了自己寬裕，不分與他們些，他們雖不敢明怨，心裏卻都不服，只用假公濟私的，多摘你們幾個果子，多掐幾枝花兒，你們有冤還沒處訴呢。他們也沾帶些利息，你們有照顧不到的，他們就替你們照顧了。」

眾婆子聽了這個議論，又去了賬房受轄制，又不與鳳姐兒去算賬，一年不過多拿出若干吊錢來，各各歡喜異常，都齊聲說：「願意！強如出去被他們揉搓着，還得拿出錢來呢！」那不得管地的，聽了每年終無故得錢，更都喜歡起來，口內說：「他們辛苦收拾，是該剩些錢粘補的；我們怎麼好『穩吃三注』呢？」寶釵笑道：「媽媽們也別推辭了，這原是分內應當的。你們只要日夜辛苦些，別躲懶縱放人吃酒賭錢就是了；不然，我也不該管這事。你們也知道，我姨娘親口囑托我三五回，說：大奶奶如今又不得閑，別的姑娘又小，托我照看照看。我若不依，分明是叫姨娘操心。我們太太又多病，家務也忙，我原是個閑人，就是街坊鄰舍，也要幫個忙兒，何況是姨娘托我？講不起眾人嫌我。倘或我只顧沽名釣譽的，那時酒醉賭輸，再生出事來，我怎麼見姨娘？你們那時後悔也遲了，就連你們素昔的老臉也都丟了。這些姑娘們，這麼一所大花園子，都是你們照管着，皆因看的你們是三四代的老媽媽，最是循規蹈矩，原該大家齊心顧些體統。你們反縱放別人，任意吃酒賭博。姨娘聽見了，教訓一場猶可，倘若被那幾個管家娘子聽見了，他們也不用回姨娘，竟教導你們一場，你們這年老的反受了小的教訓，雖是他們是管家，管的着你們，何如自己存些體面，他們如何得來作踐呢！所以我如今替你們想出這個額外的進益來，也爲的是大家齊心，把這園裏周全得謹謹慎慎的，使那些有權執事的看見這般嚴肅謹慎，且不用他們操心，他們心裏豈不敬服？也不枉替你們籌畫些進益了。你們去細細想想這話。」眾人都歡喜說：「姑娘說的很是。從此姑娘奶奶只管放心。姑娘奶奶這麼疼顧我們，我們再要不體上情，天地也不容了！」

剛說著，只見林之孝家的進來，說：「江南甄府裏家眷昨日到京，今日進宮朝賀，此刻先遣人來送禮請安。」說着便將禮單送上去。探春接了，看道是：「上用的妝緞蟒緞十二匹。上用雜色緞十二匹。上用各色紗十二匹。上用宮綢十二匹。宮用各色緞紗綢綾二十四匹。」李紈探春看過，說：「用上等封兒賞他。」因又命人回去了賈母。賈母命人叫李紈、探春、寶釵等都過來，將禮物看了。李紈收過一邊，吩咐內庫上人說：「等太太回來看了再收。」賈母因說：「這甄家又不與別家相同。上等封兒賞男人。只怕轉眼又打發女人來請安，預備下尺頭。」

一語未了，果然人回：「甄府四個女人來請安。」賈母聽了，忙命人帶進來。那四個人都是四十往上年紀，穿帶之物皆比主子不大差別？請安問好畢，賈母便命拿了四個腳踏來。他四人謝了坐，等着寶釵等坐了，方都坐下。賈母使問：「多早晚進京的？」四人忙起身回說：「昨兒進的京，今兒太太帶了姑娘進宮請安去了，所以叫女人們來請安，問候姑娘們。」賈母笑問道：「這些年沒進京，也不想到就來。」四人也都笑回道：「正是。今年是奉旨喚進京的。」賈母問道：「家眷都來了？」四人回說：「老太太和哥兒、兩位小姐，並別位太太，都沒來；就只太太帶了三姑娘來了。」賈母道：「有人家沒有？」四人道：「還沒有呢。」賈母笑道：「你們大姑娘和二姑娘，這兩家，都和我們家甚好。」四人笑道：「正是。每年姑娘們有信回來說，全虧府上照看。」賈母笑道：「什麼『照看』？原是世交，又是老親，原應當的。你們二姑娘更好，不自尊大，所以我們才走的親密。」四人笑道：「是老太太過謙了。」

賈母又問：「你這哥兒也跟著你們老太太？」四人回說：「也跟著老太太呢。」賈母道：「幾歲了？」又問：「上學不曾？」四人笑說：「今年十三歲。因長的齊整，老太太很疼，自幼淘氣異常，天天逃學，老爺太太也不便十分管教。」賈母笑道：「也不成了我們家的了？你這哥兒叫什麼名字？」四人道：「因老太太當作寶貝一樣，他又生的白，老太太便吟作『寶玉』。」賈母笑向李紈道：「偏也叫個『寶玉』！」李紈等忙欠身笑道：「從古至今，同時隔代，重名的很多。」四人也笑道：「起了這小名兒之後，我們上下都疑惑，不知那位親友家也倒像曾有一個的，只是這十來年沒進京來，卻記不眞了。」賈母笑道：「那就是我的孫子。——人來。」眾媳婦丫頭答應了一聲，走近幾步，賈母笑道：「園裏把咱們的寶玉叫了來，給這四個管家娘子瞧瞧，比他們的寶玉如何。」

眾媳婦聽了，忙去了，半刻，圍了寶玉進來。四人一見，忙起身笑道：「唬了我們一跳！要是我們不進府來，倘若別處遇見，還只當我們的寶玉後趕着也進了京呢！」一面說，一面都上來拉他的手，問長問短。寶玉也笑問個好。賈母笑道：「比你們的長的如何？」李紈等笑道：「四位媽媽才一說，可知是模樣兒相仿了。」賈母笑道：「那有這樣巧事？大家子孩子們，再養的嬌嫩，除了臉上有殘疾十分醜的，大概看去都是一樣齊整，這也沒有什麼怪處。」四人笑道：「如今看來，模樣是一樣！據老太太說，淘氣也一樣；我們看來，這位哥兒，性情卻比我們的好些。」賈母忙笑問：「怎麼？」四人笑道：「方才我們拉哥兒的手說話，便知道了。若是我們那一位，只說我們糊塗。慢說拉手，他的東西，我們略動一動，也不依。所使喚的人，都是女孩子們……」

四人未說完，李紈姊妹等禁不住都失聲笑出來。賈母也笑道：「我們這會子也打發人去見了你們寶玉，若拉他的手，他也自然勉強忍耐着。不知你我這樣人家的孩子，憑他們有什麼刁鑽古怪的毛病，見了外人，必是要還出正經禮數來的。若他不還正經禮數，也斷不容他刁鑽去了。就是大人溺愛的，也因爲他一則生的得人意兒；二則見人禮數，竟比大人行出來的還周到，使人見了可愛可憐：背地裏所以才縱他一點子。若一味他只管沒裏沒外，不給大人爭光，憑他生的怎樣，也是該打死的。」四人聽了，都笑道：「老太太這話正是。雖然我們寶玉淘氣古怪，有時見了客，規矩禮數，比大人還有趣，所以無人見了不愛，只說：『爲什麼還打他？』殊不知他在家裏無法無天，大人想不到的話偏會說，想不到的事偏會行，所以老爺太太恨的無法。就是任性，也是小孩子的常情；胡亂花費，也是公子哥兒的常情；怕上學，也是小孩子的常情：都還治的過來。第一，天生下來這一種刁鑽古怪的脾氣，如何使得？」

一語未了，人回：「太太回來了。」王夫人進來，問過安，他四人請了安，大概說了兩句，賈母便命：「歇歇去罷。」王夫人親捧過茶，方退出去。四人告辭了賈母，便往王夫人處來，說了一會子家務，打發他們回去，不必細說。

這裏賈母喜得逢人便告訴：也有一個寶玉，也都一般行景。眾人都想著：天下的世宦大家，同名的這也很多，祖母溺愛孫子也是常事，不是什麼罕事，皆不介意。獨寶玉是個迂闊呆公子的心性，自爲是那四人承悅賈母之詞；後至園中去看湘雲病去，湘雲因說他：「你放心鬧罷，先還『單絲不成線，獨樹不成林』，如今有了個對子了。鬧利害了，再打急了，你好逃到南京找那個去。」寶玉道：「那裏的謊話，你也信了？偏又有個寶玉了？」湘雲道：「怎麼列國有個藺相如，漢朝又有個司馬相如呢？」寶玉笑道：「這也罷了，偏又模樣兒也一樣，這也是有的事嗎？」湘雲道：「怎麼匡人看見孔子，只當是陽貨呢？」寶玉笑道：「孔子陽貨雖同貌，卻不同名；藺與司馬雖同名，而又不同貌；偏我和他就兩樣俱同不成？」湘雲沒了話答對，因笑道：「你只會胡攪，我也不和你分證。有也罷，沒也罷，與我無干！」說着，便睡下了。

寶玉心中便又疑惑起來：「若說必無？——也似必有：若說必有？——又並無目睹。」心中悶悶，回至房中榻上，默默盤算、不覺昏昏睡去，竟到一座花園之內。寶玉詫異道：「除了我們大觀園，竟又有這一個園子？」正疑惑間，忽然那邊來了幾個女孩兒，都是丫鬟，寶玉又詫異道：「除了鴛鴦、襲人、平兒之外，也竟還有這一干人？」只見那些丫鬟笑道：「寶玉怎麼跑到這裏來？」寶玉只當是說他，忙來陪笑說道：「因我偶步到此，不知是那位世交的花園？姐姐們帶我逛逛。」眾丫鬟都笑道：「原來不是咱們家的寶玉！他生的也還乾淨，嘴兒也倒乖覺。」

寶玉聽了，忙道：「姐姐們這裏，也竟還有個寶玉？」丫鬟們忙道：「『寶玉』二字，我們家是奉老太太、太太之命，爲保佑他延年消災，我們叫他，他聽見喜歡；你是那裏遠方來的小廝，也亂叫起來！仔細你的臭肉，不打爛了你的！」又一個丫鬟笑道：「咱們快走罷，別叫寶玉看見。」又說：「同這臭小子說了話，把咱們熏臭了！」說著，一逕去了。

寶玉納悶道：「從來沒有人如此荼毒我，他們如何竟這樣的？莫不眞也有我這樣一個人不成？」一面想，一面順步早到了一所院內。寶玉詫異道：「除了怡紅院，也竟還有這麼一個院落？」忽上了臺階，進入屋內，只見榻上有一個人臥着，那邊有幾個女兒做針線，或有嬉笑玩耍的。只見榻上那個少年嘆了一聲，一個丫鬟笑問道：「寶玉，你不睡，又嘆什麼？想必爲你妹妹病了，你又胡愁亂恨呢。」

寶玉聽說，心下也便吃驚，只見榻上少年說道：「我聽見老太太說，『長安』都中也有個寶玉，和我一樣的性情，我只不信。我才做了一個夢，竟夢中到了都中一個大花園子裏頭，遇見幾個姐姐，都叫我臭小廝，不理我。好容易找到他房裏，偏他睡覺，空有皮囊，眞性不知往那裏去了！」

寶玉聽說。忙說道：「我因找寶玉來到這裏，原來你就是寶玉？」榻上的忙下來拉住，答道：「原來你就是寶玉，這可不是夢裏了？」寶玉道：「這如何是夢？眞而又眞的！」

一語未了，只見人來說：「老爺叫寶玉。」嚇得二人皆慌了。一個寶玉就走，一個便忙叫：「寶玉快回來！寶玉快回來！」

襲人在旁聽他夢中自喚，忙推醒他，笑問道：「寶玉在那裏？」此時寶玉雖醒，神意尙自恍惚，因向門外指說：「才去不遠。」襲人笑道：「那是你夢迷了。你揉眼細瞧，是鏡子裏照的你的影兒。」

寶玉向前瞧了一瞧，原是那嵌的大鏡對面相照，自己也笑了。早有丫鬟捧過漱盂茶滷來漱了口。麝月道：「怪道老太太常囑咐說：『小人兒屋裏不可多有鏡子，人小魂不全，有鏡子照多了，睡覺驚恐做胡夢。』如今倒在大鏡子那裏安了一張床！有時放下鏡套還好；往前去，天熱困倦，那裏想的到放他？比如方才就忘了，自然先躺下照着影兒玩來着，一時合上眼，自然是胡夢顛倒的；不然，如何叫起自己的名字來呢？不如明日挪進床來是正經。」

一語未了，只見王夫人遣人來叫寶玉，不知有何話說，且聽下回分解。

《管子》選

佚名

地者，政之本也。❶朝者，義之理也。❷市者，貨之準也。❸黃金者，用之量也。❹諸侯之地，千乘之國者，器之制也。五者其理可知也，爲之有道。地者，政之本也。是故地可以正政也，地不平均和調，則政不可正也；政不正，則事不可理也。（《管子．乘馬》❺）

❶政，政事，國家事務。本句謂土地問題是國家治理的根本。

❷朝，朝廷。本句謂朝廷中展現的官職爵祿，是儀法展現。

❸市，市場。本句謂市場是貨物流通的標誌。

❹本句謂黃金是財用計算的標準。

❺此為《管子》第五篇，何如璋《管子析疑》指出「馬」是算術之籌；黎翔鳳《管子校注》指出「乘馬」即「乘碼」。「乘」為乘除一類計算方式，「乘馬」就是利用算籌等工具進行運算，以利經濟措施。〈乘馬〉一篇為《管子》經濟思想之核心，第六十八篇〈巨乘馬〉、第六十九篇〈乘馬數〉則是相關情況的運用。
本段《管子》強調均地分利、人地均衡的重要性。〈乘馬〉「均地分力，使民知時也」，在〈霸言〉「地大而不為，命曰土滿。人眾而不理，命曰人滿。兵威而不止，命曰武滿。三滿而不止，國非其國也」、〈八觀〉「地非民不動」，都可以看出，《管子》強調土地與人民適合的分配與安排，讓人民的耕種發揮出最大的成果。這方面與SDG1終結貧窮、SDG2消除飢餓、SDG10減少不平等都有密切關係。這與《孟子．滕文公》「夫仁政，必自經界始。經界不正，井地不鈞，穀祿不平。是故暴君汙吏，必慢其經界。經界既正，分田制祿，可坐而定也」以及《荀子．王霸》「農分田而耕，賈分貨而販，百工分事而勸，士大夫分職而聽」等相近，只是《管子》所論更全面。

桓公問管子曰：「吾欲藉[6]於臺雉[7]，何如？」管子對曰：「此毀成也。」[8]曰：「吾欲藉於樹木。」管子對曰：「此伐生也。」曰：「吾欲藉於六畜。」管子對曰：「此殺生也。」曰：「吾欲藉於人，何如？」管子對曰：「此隱情也。」[9]桓公曰：「然則吾何以為國？」管子對曰：「唯官[10]山海為可耳。」（《管子．海王》[11]）

桓公問於管子曰：「楚者，山東[12]之強國也，其人民習戰鬪之道，舉兵伐之，恐力不能過，兵弊於楚，功不成於周，爲之奈何？」管子對曰：「即以戰鬪之道[13]與之矣。」公曰：「何謂也？」管子對曰：「公貴買其鹿。」桓公即爲百里之城[14]，使人之楚買生鹿，楚生鹿當一而八萬，管子即令桓公與民通輕重，藏穀什

[6] 藉，音ㄐㄧˊ，通「籍」，本為登記在簿，在此指賦稅。《詩．大雅．韓奕》：「實墉實壑，實畝實藉。」鄭玄《箋》：「藉，稅也。」

[7] 臺雉，應為「臺榭」之訛，見王念孫《讀管子雜誌》。「藉（籍）於臺雉（榭）」謂向房屋徵收賦稅。

[8] 毀成，毀壞建成的房屋。

[9] 隱情，隱瞞實情，藏匿人口。或說：壓抑情慾，減少生育。

[10] 管理、控制。

[11] 此為《管子》第七十二篇，《史記．平準書》：「齊桓公用管仲之謀，通輕重之權，徼山海之業，以朝諸侯，用區區之齊顯成霸名。」徼，音ㄧㄠ，求取。齊國依山傍海，管仲藉由山海資源在春秋時期稱霸。本篇「海王」，王，音ㄨㄤˋ。藉由海洋資源而稱霸。本段齊桓公欲提高賦稅，增加稅收。管仲既能夠維護人們權益，不增加負擔，又能夠達成增加財源的方式，便是透過山海資源的開發與掌握。這方面與 SDG1 終結貧窮、SDG7 可負擔的潔淨能源、SDG14 保育海洋生態等有所關聯。

[12] 崤山以東的地區，在戰國時期指秦以外的其他六國。

[13] 「鬪」通「鬥」。前一句的戰鬥之道為軍事層面的戰鬥，此句為經濟層面的戰鬥。

[14] 城，或說作「囿」，或說作「域」。此處為建造一座極大的鹿苑。

之六⑮，令左司馬伯公將白徒而鑄錢於莊山，令中大夫王邑載錢二千萬求生鹿於楚。楚王聞之，告其相曰：「彼金錢，人之所重也，國之所以存，明王之所以賞有功也。禽獸者，群害也，明王之所棄逐也，今齊以其重寶貴買吾群害，則是楚之福也，天且以齊私楚也，子告吾民，急求生鹿，以盡齊之寶。」楚民即釋其耕農而田⑯鹿。管子告楚之賈人曰：「子為我致生鹿二十，賜子金百斤，什至而金千斤也，則是楚不賦⑰於民而財用足也。」楚之男子居外，女子居涂⑱，隰朋⑲教民藏粟五倍。楚以生鹿藏錢五倍。管子曰：「楚可下矣。」公曰：「奈何？」管子對曰：「楚錢五倍，其君且自得，而修穀，錢五倍，是楚強也。」桓公曰：「諾。」因令人閉關不與楚通使，楚王果自得而修穀，穀不可三月而得也，楚糴四百⑳，齊因令人載粟處芊之南，楚人降齊者十分之四，三年而楚服。（《管子．輕重戊》㉑）

⑮什之六，十分之六。

⑯通「畋」，打獵。《周易．恆卦》爻辭：「九四，田无禽。」孔穎達《正義》：「田者，田獵也。」

⑰賦，徵稅、賦稅。《孟子．滕文公上》：「請野九一而助，國中什一使自賦。」

⑱通「途」，道路。《荀子．正論》：「風俗之美，男女自不取於涂。」

⑲隰朋，齊國大夫。與管仲、鮑叔牙等人輔佐齊桓公，成就霸業。《史記．齊太公世家》：「桓公既得管仲，與鮑叔、隰朋、高傒修齊國政，連五家之兵，設輕重魚鹽之利，以贍貧窮，祿賢能，齊人皆說。」隰，音ㄒㄧˊ。

⑳本句謂楚國的米價高達四百錢。季旭昇《說文新證》指出，「糴（ㄉㄧˊ）」、「糶（ㄊㄧㄠˋ）」二字由「糴」分化而來，「糴」兼有買穀、賣穀二義。石洋〈「糴」、「糶」，分形前史〉分析戰國至西晉出土材料，認為在東漢之前「糴」有穀物、買穀和賣穀義，東漢末年「糴」和「糶」的買穀、賣穀義才逐漸形成，因此在《管子》、《商君書》與《論衡》之字，未必能用東漢後的字義來理解。

㉑此為《管子》第八十四篇。「輕重」一詞見於《國語．周語中》：「古者，天災降戾，於是乎量資幣，權輕重，以振救民。」《管子．揆度》指出：「燧人以來，未有不以輕重為天下也。」將「輕重」提升為歷代君王的治國方術。目前看來，「輕重」可以理解為藉由貨幣調節、商品流通進而控制物價與民生的方法。

桓公問於管子曰：「吾欲制衡山㉒之術，爲之奈何？」管子對曰：「公其令人貴買衡山之械器㉓而賣之，燕、代必從公而買之，秦、趙聞之，必與公爭之，衡山之械器，必倍其賈，天下爭之，衡山械器，必什倍以上。」公曰：「諾。」因令人之衡山求買械器，不敢辨其貴賈。齊修械器於衡山十月，燕、代聞之，果令人之衡山求買械器。燕、代修三月，秦國聞之，果令人之衡山求買械器。衡山之君告其相曰：「天下爭吾械器，令其買再什以上。」衡山之民，釋其本而修械器之巧。齊即令隰朋漕粟於趙，趙糴十五，隰朋取之石五十㉔，天下聞之，載粟而之齊。齊修械器十七月，修糴五月，即閉關不與衡山通使，燕、代、秦、趙即引其使而歸。衡山械器盡，魯削衡山之南，齊削衡山之北。內自量無械器以應二敵，即奉國而歸齊矣。（《管子‧輕重戊》㉕）

㉒ 據目前所見文獻，春秋戰國時並無衡山國。根據下文，此衡山國在齊國之南，魯國之北，在山東一帶。項羽、漢代所封之衡山國均在荊州，在湖北一帶，與此無涉。

㉓ 本指器械、器具，本段之「械器」專指兵器。

㉔ 句謂趙國粟穀價錢每石十五錢，隰朋以每石五十錢購買。

㉕ 〈輕重戊〉二段分別提及利用生鹿的採買，破壞楚國的糧食生產；利用買賣的經濟手段，而掏空衡山國。可以看出在先秦時期，《管子》一書就有卓越的經濟眼光，這也與 SDG2 消除飢餓、SDG8 合適工作及經濟成長、SDG17 多元夥伴關係都有密切關係。

大水河畔的童年

鄭清文

我出生在桃園鄉下，卻在舊鎮長大。因此，我擁有兩個童年，也擁有兩個故鄉。

我在桃園鄉下看到了農民的辛勞，在舊鎮體會到庶民的勤勉。

舊鎮曾經是個孤獨的小鎮。

舊鎮離開臺北不遠，又有縱貫公路拂過邊緣，交通相當方便，但是舊鎮的人相當保守，不喜歡移動，在我的記憶中，和外界相當隔絕。

舊鎮一直是個平凡而平靜的小鎮，那裏甚至連一家旅館都沒有，把一切繁華讓給鄰近的臺北。

實際上，舊鎮只有一條長長的街，南邊劃過大水河。那裏和許多古老的城鎮一樣，最多的是廟宇。

世界的大城市，十之八九擁有一條河川。舊鎮雖然不大，卻也如此。

「一府二鹿三舊鎮」，舊鎮曾經是古臺灣的重要商埠之一，大陸來的帆船可以由大水河直駛到舊鎮來。

舊鎮的興盛全在這一條大水河，後來舊鎮的衰退也一樣全在這一條大水河。大水河的淤淺斷送了活動的命脈。

舊鎮的最大盛事，似不是五月初一的大眾爺廟的大拜拜，而是夏秋之際颱風帶來的大水。每次颱風一來，河水高漲，舊鎮四周全都沒入汪洋。

有一次，我冒著暴風雨，也冒著被大人責罵的危險，爬到屋頂上去看大水，看到遠處農家的竹圍已半截淹入水中，舊鎮像一個浮起的孤島。從前，人相信風水，喜歡傳說的時候，發現這孤島像一只大竹筏，就指稱舊鎮是個竹筏穴了。

每一條河，都有流不完的故事，形成了一部壯大的歷史。和這比較，舊鎮只能說是一段小插曲而已。

實際上，我的眞正的童年，也是在那一條大水河。

幾乎，所有的舊鎮的人都和大水河發生過關係。

我曾經在那裏游泳，也曾經在那裏釣過魚。

大水河邊的小孩，大部分都會游泳。不過，似乎每個人都要沉水一次。我也不例外。大人把你拉起來，還到你家要豬腳麵線吃，免得水鬼來找麻煩。

實際上，大部分的小孩，是不准到大水河游泳的。「水火無情」，是一代一代傳下來的警語。不過，有些家庭較鬆，有些家庭卻是嚴格執行的。

那時候，我們小孩下水都要脫光衣服。這樣子一方面可以不弄濕衣服，一方面也可以瞞過大人。不過，大人也有辦法，只要用指甲在皮膚上一刮，看看是否有白痕，就可以查出是否下過水了。

添財大我二歲，也是我們的游泳伴之一。他家只有這個獨生子，他母親找不到人，就先到河邊找。我們經常看到添財光著身子在河堤上奔逃，他的母親在後面緊追著，一手拿著竹枝，一手抓著他的衣褲。

在大水河游泳，最有趣的是「坐波」。一到中秋之後，東風吹起，和水流逆衝，掀起一稜一稜的波浪，我們一群小孩，走到上游，進入水中，利用立泳，頂著波浪漂流下去。那種感覺，眞的有如乘風破浪。

小時候，老師、家長、朋友，似乎沒有一個人督促你讀書，離開了學校，全是自己的時間。那時，我最大的樂趣就是釣魚。我不但白天釣魚，有時也在晚上釣魚。

晚上，一個人蹲在河邊，在釣竿的末端繫一個小鈴子，有時也繫一根香條。有時，魚拉得凶，把釣竿末端拉進水裏，香火嗤的熄滅。在黑夜，我心裏雖然有點害怕，還是不願走開，用手握住釣竿，憑手的感覺釣下去。

我有時在岸上釣魚，有時也會下水去摸蝦子。

從地勢而言，舊鎮這邊高，對岸低，所以這邊街道就在河邊，而那邊是一片沙灘，一片種番薯、甘蔗和花生的沙地，人煙稀少，無法享受大水河的便利。

因爲舊鎮緊靠大水河興建，河水就在街道底下流著。聽說，以前曾經有一條街道整條被刮進水裏。所以，就在街道與河道之間的斜坡上，安著一條一條的石龍，有石頭的，也有紅磚的。我們就伸手到這些石龍的縫裏去摸蝦子。

以前，由於知識的不足和誤導，聽說生的蝦子可以防止流鼻血，我也曾經把摸到的蝦子剝殼生吃。幸好，那時河水還相當清淨，沒有吃到寄生蟲。

到了旱季，河水低退，人可以涉水而過。那時候，我們就會到對岸去摸蜆子。

大水河，流到舊鎮的這一段，河岸河底，全是清淨的黑沙。在沙灘接近河水的地方，沙還濕著，我們在沙灘上找一個個橄欖型的小洞，用手一挖，就挖出一個個黃橙橙的蜆子。蜆子可以煮湯，也可以用刀剝開泡在大蒜醬油裏，是吃稀飯的佳餚。

有一次，我跟大人去照魚。在晚上，我們提著電石燈，往水裏一照，魚都楞住了，我們再用魚叉、魚網或魚罩捉牠。有一次，罩到一條九斤重的大鱸魚，大人還以爲是魚精，不敢捉牠。後來，叫別人來，用電把牠電翻。

大水河，最令我懷念的風景是那裏的渡船。就是現在，我一閉眼，依然會看到那渡船孤獨的影子。

大水河的渡船是二十四小時服務的。不論是晴天或雨天，船夫都守在渡船上。

舊鎮沒有火車，戰時，我到桃園親戚家要點米糧，因爲汽車的班次少，必須坐火車回來，在對岸的城鎮下車，再走將近一小時的路來到河邊坐渡船。有時，坐晚班車，就要摸黑回來了。

我一個人走夜路，心裏非常害怕。聽說路邊的竹叢裏，出現過吊死鬼，有時也怕野狗，有一段時期也聽說甘蔗園出現過狗熊，而後走到沙灘上，又怕找不到渡船。因爲渡船停靠的地方，是經常移動的。每次大水一來，河道變形，渡船站也隨著遷移了。我要走到看得見渡船的地方，才可以放心。

渡船站，是用河沙堆成的。船夫用沙耙子把河裏的沙撈起來堆成一條長長的沙岬。在晚上，有時就在沙岬上插著一根樹枝，掛上一盞油燈。有時，卻連油燈也沒有，要走到近處才能看見。

我走到渡船站，就鬆了一口氣，同時也會想到船夫整天守著那一條船，連三餐都要家人送過來。晚上不但要一個人守在河邊，而且隨叫隨起。有時，深夜我們走到河堤望過去，依稀可以看到船影，還可以聽到河灘上野狗群長嗥的聲音。大人說，那種嗥聲叫「吹狗螺」，是狗看到了不祥的東西。

那時候，我就想到船夫的孤獨和勇敢。實際上，我也曾經想過，如果膽子大一點，我也很想去當船夫。

舊鎮對岸的沙灘，是一片肥沃的沖積地，在我懂事的時候，已是一片乾田，種著多種蔬菜和雜糧。舊鎮的人，常去那邊撿拾一些殘遺的農作物。這些「拾穗」的人，坐渡船是免費的。開始我不敢，後來也跟他們過去了。

我也跟他們去挖蚯蚓。那裏的蚯蚓有筷子那麼粗，一挖起來，就縮成圈狀。我們挖蚯蚓來養鴨子，或賣給別人。有一次，我還跟大一點的小孩去那邊打獵。聽說那邊的蕃薯園有野兔。我們帶了狗去，看到小洞，就叫狗邊聞邊挖。我們把一片蕃薯園挖成一條一條的壕溝，最後才捉到一隻老鼠。那時，沙灘上，也有很多雲雀，高高的飛在天空中，有人說，那底下一定有鳥窩，結果一個都沒有找到。後來，我們才知道雲雀的聰明，是故意把我們引開的吧。

除了渡船以外，河上也經常有貨船駛過。貨船要比渡船大一點。渡船是兩岸來回，而貨船卻是順水，或逆水行駛。所載的貨物有砂石、紅磚、家具、稻草或水肥。

小時候，載紅磚的貨船一到河堤下的碼頭，我們就去幫忙把紅磚抬上來。這種工作，也可以賺到一點零用錢。

至於稻草，那是製紙用的，經常堆了一大堆在碼頭上面的石階上等著船期。我們喜歡在草堆裏打滾，使得皮膚都紅腫起來。

有時，我們也會偷抽一小綑稻草出來，或撿一張檳榔樹葉當做馬，在紅磚的河堤上滑著。

對我而言，戰爭的結束，幾乎也是童年的結束。不過，在戰爭期間，大水河邊也發生了兩三件值得記憶的事。

有一次，有一個日本的傳令兵從對岸來舊鎮，剛好碰到颱風，河水高漲，渡船也暫時停擺。日本兵把衣服脫下，綁在頭上，企圖游泳過來，但游到一半又折回去。不幸，頭上的衣物和刺刀被水沖走。過了一兩天，河水還未全退，一排一排的日本兵就在河裏尋找刺刀。日本軍人常說，武裝就是軍人的生命。許多鎮民到河堤上觀看，「只爲了一把刺刀」，有的笑他們傻瓜，有的佩服他們認眞負責。

另外一次，就是美國飛機格拉曼掃射渡船。因爲當時平民軍隊化，剛好船上有個軍裝的平民，美機俯衝掃射。船上有人被打死，我們有一位老師屁股被打了一個洞。那時，我們在河邊釣魚，飛機是由舊鎮這邊飛過去的，如果是從對岸飛過來，就不知會有什麼後果了。

還有一次，就是美國飛機晚上來丟炸彈。炸彈把整個大地都搖動了。翌日起來，才知道炸彈都是丟在對岸沒有人居住的沙灘上，在沙灘上挖了好幾個小池塘大的窟窿，四周撒滿炸彈的碎片。那時，開始有人傳說，有人在昨天晚上看到觀音菩薩站在雲端，用拂塵把炸彈撥開，才沒有掉在鎮上。

童年，我在大水河畔的生活，是有趣、豐富，也充滿著風險的。有一次，颱風過後兩三天，河水還沒有全退，我就跟著幾個大一點的孩子，想游到中間的沙洲。後來氣力不夠，如果沒有人拉著我，就有可能流過沙洲了。

戰爭以後，我到臺北唸書，也學會了打球，也漸漸和大水河疏遠了。

那以後，大水河也漸漸改變了風貌。

先是上流山區，濫伐森林，不能保持水分，而且有大量泥沙流下來，使河水淤淺。

然後，人們在上游建築水壩，又把河水引導去灌溉。平時下游沒有水，一旦刮起颱風，水壩開始洩洪，雙管齊下，有一次大颱風，幾乎把舊鎮這個大竹筏沖走了。

然後，有人開始採砂石。

然後，人們在河上架了橋。自從有了橋之後，就不容易看到船影了。

然後，人們開始把污水放進大水河裡了。

以前，我在河裏游泳，喜歡放低眼睛，使視線接近水面。那樣子，我會覺得河面特別寬，特別大。我看著水流載著一點小水泡，或草屑，從很遠的地方流過來，而後流到很遠的地方去。這時，水流好像已變成了時間。

這時，我會想起很多事。我會想起長輩說給我們聽的故事。他們說，以前，舊鎮住著泉州人，對岸住著漳州人。對內，大家都很團結，對外，卻不謙讓。所以，一衝突起來，小事變大事，以致經常發生械鬥。有一次大械鬥，互相殺死了好多人，使這條河的河水都染紅了。

現在，舊鎮已變成一個大城市了，而這一些也都已變成過去了。我離開舊鎮也已有二十年了。有一天，我回去舊鎮看親友，還特別走到大水河邊。誰知道人一接近，就聞到一股臭氣。河水已完全變成黑色了。河面浮著許多污物。那乾淨的河沙，已染滿油垢。大水河已變成黑水河了。

我放眼再看一次，這裏已看不到任何船隻了，也看不到接近河邊的小孩了。

聽說，有關當局正在計畫整治這條大水河。但是，不管如何，大水河也將繼續流下去吧。

〈致島嶼〉、〈誰在乎〉

溫奇

致島嶼

燃燒早已開始
沒有抱怨的枯枝
只是逐漸激動的水溫
你耽心，族群被錯誤的刻度放生

蒼鷹仍盤旋在故鄉的雲層
偶爾抗議：失血的名字
斷　落　的　系　譜
上帝是否聽見這流星般的
唳叫，在教堂尖頂之外

日子病得很重
酬神的隊伍不斷地蛇形

不斷地以爆竹撕裂任一個夜晚
失去嗅覺的膜拜著自己
在上游放毒的在下游佈施
沖洗過豬寮的水也不必浪費
泡杯咖啡繼續沖洗你的胃

白晝越來越灰暗
烏雪越來越密佈
何時天空不再容忍都市的頂撞

放任滂沱的淚水
澆滅地上所有的焚燒
海洋再次吞沒高山
使一切回到神話的初萌

誰在乎

曾經你遠過多少海洋
那信誓旦旦的安家費可曾讓人放心

日日攀附在多高的鷹架
有多長的鐵釘曾多少次釘你在版模上

夜夜南來北往於死亡之路
你不眠地以檳榔汁重寫
人類體能的紀錄

經年累月你匍匐在多深的坑道
爲了妻小
不惜用層層煤灰抹黑自己的肺

有多少青春在軋軋聲中輾過
又多少被迫加班的長夜
從薪水袋中漏掉

當妳和無數姊妹被販賣
在暗夜飲泣。老鴇們正數著鈔票
送子女上貴族學校

還有

多少鐳射般的目光切割膚色
深深地刺傷你或妳的心

誰在乎？

我好土

蔡珠兒

芒果和檸檬在開花，甜馥芬馨，惹來粉蝶翩翩，蜜蜂嗡嗡，連土裏也有春意，揮鋤下地，覺得豐厚綿軟，土粒鬆爽如糕粉，不時翻出蚯蚓，精壯生猛，活蹦亂跳。

這可是寶啊，活土才有蚯蚓，得來不易，以前沒有哩。我一直以爲，菜田石塊太多，土質磽薄，但有個做營建的朋友來看了，搖頭說，不是土質問題，你這田根本不是天然地，是堆填地，用建築廢料填高，鋪上泥土擴充出來的。

我聽了，如雷轟頂，但也恍然大悟，原來是塊惡土廢地，難怪層層相疊，有挖不完的殘垣斷壁，堅硬枯瘠，再怎麼下肥也瘦巴巴。早知道就徹底換土，害我胼手胝足，幹了大半年，搞得磨繭起泡，勞筋折腰，土性低劣難移，恐怕白忙一場。

懊惱失望，氣苦不已，但轉念一想，這地好歹收過幾季瓜菜，並非「一毛不拔」，況且耕耘了大半年，日夕沾碰撫弄，已經有感情，也不忍心清除鏟走。再說，鏟走了能丟到哪裏？還不是送去掩埋堆填，滋生更多廢地荒原。我一直很內疚，前年裝修房子，拆牆敲磚的，不知製造幾噸建築廢料，造孽不少，把這塊廢地整治好，就算贖罪吧。

我不知試過多少施肥法。堆肥惹蟲蠅，漚肥太少也太慢，草葉灰沒有氮，不夠營養；又因土面虛不受補，買來的肥料成效不彰，吸收遲緩。地上行不通，索性走地下路線，改用最原始的「掩埋施肥法」，把廚餘直接埋在田底，再輔以落葉草木灰。這招好像管用，幾星期後，菜漸漸肥了。

屢敗屢戰，土改終於有進展，我樂得手舞足蹈—哎喲，不行，只能足蹈，手臂勞動過度，痛得要去看國術館，舞不了。但我逐漸掌握土性，知道菜田變肥，在虛不在實，不是因爲下好料、埋了仙丹大補丸，是因爲結構改善，土層有腐殖質，開始鬆動軟化。

我更加勤奮，每天刨坑挖洞，掘出磊磊磚石，搗碎硬塊和黏土後，倒入果皮菜葉，澆水覆蓋掩埋—還好菜地不全是堆塡，深層有藤黃色的眞土，黏稠緊實如年糕，要鏟鬆切細，拌入砂礫草灰，讓土壤有毛管孔隙，可以呼吸透水，微生物才能做功夫，滋育營養肥力。

一點點，一塊塊，地毯式掘過來，進度雖慢，成果斐然，芹菜和青蒜長粗了，韭菜葉由窄變闊，寬柔如飄帶，吃來鮮嫩有甜味。紅鳳菜發福，比以前胖了一倍，莖幹像蔓藤伸到籬外，摘也摘不完。義大利香芹原本呆滯，細瘦如野草，現在茂密高壯，碧骨翠葉，做沙拉和Pasta鮮香濃馥，長得太快吃不完，還得送人。

對照很明顯，另一邊的芫荽還沒埋肥，生得矮細，老早就抽花。原來土性如人性，不能以本質論斷，要加以涵養改良，然則人性複雜，叵變難測，不像土性忠實簡單，用對方法下足功夫，就能扭轉頑冥惡地，化腐朽爲神奇。

春來整地，蚯蚓活潑扭動，土層生出黑沃腐質，泥土觸感也不同，鬆柔而又油潤，隱隱有勃鬱生機，果眞是「陽氣俱烝，土膏其動」，天候暖熱，催發土壤作用，肥力流動播散，我甚至聞到地氣，是一種微微的煮豆香。

土壤是神奇之事，書上說，一公分深的土壤，地球要花三百年形成，而能種植的「有效土壤」，則需三十公分以上。哇，那不就是九千年，我還得加油吶。

〈霰歌〉、〈有人問我公理與正義的問題〉

楊牧

霰歌

這樣的天氣，不知道
做甚麼最好。煩亂的
天氣：
也許作戰最好
每個人發一支步槍
各據一個街口
猛烈地，向對方開火
打死了也不惋惜
互相都不惋惜

死了算了。這樣的
天氣：沒有花，沒有月

只有些風
只有雪和雨
這樣教人煩亂的
天氣，不知道做別的可不可以
譬如說做愛，可不可以？
都是花，到處都是月
讓狼嗥他的嗥
鶴唳他的唳
讓這個兔子撲朔
讓那個迷離

——選自洪範出版的《楊牧詩集I》

有人問我公理和正義的問題

有人問我公理和正義的問題
寫在一封縝密工整的信上，從
外縣市一小鎮寄出，署了
眞實姓名和身分證號碼
年齡（窗外在下雨，點滴芭蕉葉
和圍牆上的碎玻璃），籍貫，職業

（院子裏堆積許多枯樹枝
一隻黑鳥在撲翅）。他顯然歷經
苦思不得答案，關於這麼重要的
一個問題。他是善於思維的，
文字也簡潔有力，結構圓融
書法得體（烏雲向遠天飛）
晨昏練過玄祕塔大字，在小學時代
家住漁港後街擁擠的眷村裏
大半時間和母親在一起；他羞澀
敏感，學了一口臺灣國語沒關係
常常登高瞭望海上的船隻
看白雲，就這樣把皮膚晒黑了
單薄的胸膛裏栽培着小小
孤獨的心，他這樣懇切寫道：
早熟脆弱如一顆二十世紀梨

有人問我公理和正義的問題
對着一壺苦茶，我設法去理解
如何以抽象的觀念分化他那許多鑿鑿的
證據，也許我應該先否定他的出發點

攻擊他的心態，批評他收集資料
的方法錯誤，以反證削弱其語氣
指他所陳一切這一切無非偏見
不值得有識之士的反駁。我聽到
窗外的雨聲愈來愈急
水勢從屋頂匆匆瀉下，灌滿房子周圍的
陽溝。唉到底甚麼是二十世紀梨呀——
他們在海島的高山地帶尋到
相當於華北平原的氣候了，肥沃豐隆的
處女地，乃迂迴引進一種鄉愁慰藉的
種子埋下，發芽，長高
開花結成這果，這名不見經傳的水果
可憐憫的形狀，色澤，和氣味
營養價值不明，除了
維他命C，甚至完全不象徵甚麼
除了一顆猶豫的屬於他自己的心

有人問我公理和正義的問題
這些不需要象徵——這些
是現實就應該當做現實處理

發信的是一個善於思維分析的人
讀了一年企管轉法律，畢業後
半年補充兵，考了兩次司法官……
雨停了
我對他的身世，他的憤怒
他的詰難和控訴都不能理解
雖然我曾設法，對着一壺苦茶
設法理解。我相信他不是爲考試
而憤怒，因爲這不在他的舉證裏
他談的是些高層次的問題，簡潔有力
段落分明，歸納爲令人茫然的一系列
質疑。太陽從芭蕉樹後注入草地
在枯枝上閃着光。這些不會是
虛假的，在有限的溫暖裏
堅持一團龐大的寒氣

有人問我一個問題，關於
公理和正義。他是班上穿着
最整齊的孩子，雖然母親在城裏
幫傭洗衣——哦母親在他印象中

總是白皙的微笑着，縱使臉上
掛着淚；她雙手永遠是柔軟的
乾淨的，燈下爲他慢慢修鉛筆
他說他不太記得了是一個溽熱的夜
好像髣髴父親在一場大吵鬧後
（充滿鄉音的激情的言語，連他
單祧籍貫香火的兒子，都不完全懂）
似乎就這樣走了，可能大概也許上了山
在高亢的華北氣候裏開墾，栽培
一種新引進的水果，二十世紀梨
秋風的夜晚，母親教他唱日本童謠
桃太郎遠征魔鬼島，半醒半睡
看她剪刀針線把舊軍服拆開
修改成一條夾褲一件小棉襖
信紙上沾了兩片水漬，想是他的淚
如牆腳巨大的雨霉，我向外望
天地也哭過，爲一個重要的
超越季節和方向的問題，哭過
復以虛假的陽光掩飾窘態

有人問我一個問題，關於
公理和正義。簷下倒掛着一隻
詭異的蜘蛛，在虛假的陽光裏
翻轉反覆，結網。許久許久
我還看到冬天的蚊蚋圍着紗門下
一個塑膠水桶在飛，如烏雲
我許久未曾聽過那麼明朗詳盡的
陳述了，他在無情地解剖着自己：
籍貫教我走到任何地方都帶着一份
與生俱來的鄉愁，他說，像我的胎記
然而胎記襲自母親我必須承認
它和那個無關。他時常
站在海岸瞭望，據說烟波盡頭
還有一個更長的海岸，高山森林巨川
母親沒看過的地方才是我們的
故鄉。大學裏必修現代史，背熟一本
標準答案；選修語言社會學
高分過了勞工法，監獄學，法制史
重修體育和憲法。他善於舉例
作證，能推論，會歸納。我從來

沒有收到過這樣一封充滿體驗和幻想
於冷肅尖銳的語氣中流露狂熱和絕望
徹底把狂熱和絕望完全平衡的信
禮貌地，問我公理和正義的問題

有人問我公理和正義的問題
寫在一封不容增刪的信裏
我看到淚水的印子擴大如乾涸的湖泊
濡沫死去的魚族在暗晦的角落
留下些許枯骨和白刺，我彷彿也
看到血在他成長的知識判斷裏
濺開，像炮火中從困頓的孤堡
放出的軍鴿，繫着疲乏頑抗者
最渺茫的希望，衝開窒息的硝烟
鼓翼升到燒焦的黃楊樹梢
敏捷地迴轉，對準增防的營盤刺飛
卻在高速中撞上一顆無意的流彈
粉碎於交擊的喧囂，讓毛骨和鮮血
充塞永遠不再的空間
讓我們從容遺忘。我體會

他沙啞的聲調，他曾經
嚎啕入荒原
狂呼暴風雨
計算着自己的步伐，不是先知
他不是先知，是失去嚮導的使徒——
他單薄的胸膛鼓脹如風爐
一顆心在高溫裏熔化
透明，流動，虛無

——選自洪範出版的《楊牧詩集Ⅱ》

送行

袁哲生

零點五分北上的火車就要進站，一名憲兵推開單人服務台的綠紗門，另一個手上銬住一名逃兵的憲兵也跟著走出來。他們三人往地下道的人口走去，準備前往第二月台搭這班北上的普通車。這名逃兵看似已過兵役年齡，中等偏瘦的體格，身著一件白色背心和褐色條紋窄管西裝褲，腳上還趿著梅春旅社的塑膠拖鞋，疲憊而黝黑的臉上，顯現出一層重大挫折之後特有的痲木表情，短髮下一雙乾乾的眼球裡透出一種沉默，好像對周遭的一切已沒有半點感受。不過，眼前迎面而立的兩個人影卻使他的臉部露出一抹訝異，只一眨眼，旋又平息下來。

佇立在地下道入口的這一老一少是他父親和弟弟，他們也要搭這班北上的火車。他只低垂著頭從他們眼前走過，那兩位憲兵並沒感到異狀，以爲他們只是一般好奇的旅客而已。待他們二人進入地下道後，老父親肩上斜掛一只航空公司贈送的旅行袋，左手拎起一只綠白相間寬條紋的大帆布袋，右手拉著小兒子，尾隨在他們役方，大約保持十公尺的距離。小兒子剛讀一學期國中，原本已不習慣父親牽他了，但眼前靜肅的氣氛使他沒了主意。空空的地下道磨石地板傳來兩雙長筒皮靴的磕地聲，橐、橐、橐的聲響強化了那副手銬所發出的冷寒的光澤。他默默跟在父親身旁，這是他第一次見到眞實的手銬，感覺像一堵牆。

小鎮的深夜，月台上顯得很空曠，間隔幾公尺的圓形鋁皮燈罩一共三只，從拱形的鐵架石棉瓦頂棚投下昏黃的光束。下午的一場雷雨使空氣中瀰漫著一股帶霉味的濕熱氣流，不知從何處鑽出的大群白蟻圍著燈罩旋繞衝撞，月台上不斷響起嗒、嗒、嗒的撞擊聲，許多白蟻掉到水泥地上折斷了翅膀在原地打旋繞圈子。大批的白蟻落下，更多的白蟻又聚集過來，遮去了更多的光線。

月台上唯一的長條木椅的一邊，一位老婆婆和一位少婦帶著一個小女兒各佔據一頭，靠背另一邊的椅面已經壞斷，木椅背上依稀可以從剝蝕的油漆中認出綠油精和翹鬍子仁丹的舊廣告畫。

火車還未進站，小男孩望了一眼鐵棚上吊下來的一個方形精工牌石英掛鐘，零點十二分。普通車時常慢分的，這他早有經驗。他來到月台邊緣，漫步在黃色的導盲磚上。月台的另一端有幾截被漆成綠色的大水泥管裡種了幾棵酒瓶椰子。較遠處的幾線鐵軌上停放了三輛柴電機車頭，前方兩個圓鼓鼓的頭燈，好似睜大了雙眼在觀察四周的動靜。枕木和鐵軌四周的碎石在深夜中泛著一層銹漬的鐵褐色，一直蔓延到鐵道邊緣的那排水泥柵欄和淡黃色的絲瓜花連成一片。

零點二十五分，老婆婆似從鐘面上感到了些異樣，於是直覺地找上與警察模樣差不多的兩名憲兵要向他們詢問，但是憲兵們木然下動，於是她轉向那位逃兵，他的頭往下低了一些，沒有說話。老婆婆連問三次覺得莫名其妙，無趣地走開，走向離她較近的手提布袋立在鐵柱邊的老父親。老先生顯得很熱心拉大了嗓門向她解說，但是他濃厚鄉音的國語並下能讓她聽懂，折騰了一會兒，老先生叫來他的小兒子用台語說明。老婆婆不住地用手靠著耳朵，但他下願大聲說話，最後還是老先生用古怪的音調模仿小兒子的台語才安撫了老婆婆，讓她坐回到長椅上。之後，她喃喃地向身邊的少婦發出一連串的嘀咕。

火車停妥之後，包著藍布頭巾的老婆婆挽著一個花布包袱，拎起地上裝了兩隻大公雞的竹籃子，率先登上火車。她先把竹籃子放置在車門階梯上的平台，然後再使勁抬高細皺的雙腿跨上火車。那只籃子是她早上才削去竹皮臨時編成的，表面還泛著一層濕而利的青光。

在少婦和憲兵都上火車之後老父親才領著小兒子上車，揀定靠近廁所的位置坐下。偌大的鐵皮車，側對座的兩排綠色膠皮座椅，兩名憲兵押著逃犯坐在車廂中間的位子，因為四個車門分別開在車廂首尾兩側，許是基於安全的考量，萬一有狀況時尚有應變的時間。老太太揀在憲兵對面坐下，或者是感到安心。少婦在車廂另一端，正抱著綁了兩條小辮子的女兒哄她睡覺。一些白蟻被車廂內的日光燈吸引飛了進來。有一只圓吊扇有些故障，每轉到同一處就發出嘎啦、嘎啦的聲響。

火車開動之後，老先生對面的兩片電動門沒闔上，於是便上前檢查，在車門邊的紅綠鈕上瞎按了幾下見無效，於是解下鐵鍊攔門腰扣上。

火車平穩地向前滑行，車輪在鐵軌上發出的登、的登規律的顫音造成一種搖籃似的效果，老婆婆和少婦的小女兒下一會兒歪著頭睡著了。老先生想向前和那兩位憲兵打個招呼，但卻不知如何開場。窗外下停灌進涼颼颼的空氣，老父親於是從布袋裡搜出一件老式的大尖領花格子襯衫，向車廂中段走去，表明自己是逃兵的父親，希望讓自己的孩子套件衣服，其中未銬手銬的憲兵起身示意老先生後退，然後接過襯衫檢查一番之後，交到逃兵手上。他沒有抬頭接過襯衫，只把它捲小了放在腿上，和他銬在一起的憲兵也沒有暫且解開手銬的意思。老父親尷尬地站立了一會兒，想不出話來，還是回到小兒子旁邊的空位坐下。

車窗外黑濛濛一片。老先生取出一條美製軍毯準備讓小兒子蓋肚子，軍毯中夾帶的一瓶陳年高粱❶也一起取了出來，這是昨晚打包時放進的，撞上了就喝吧。

火車又停靠進站兩次的時間，老先生已喝去了大半瓶，就這麼酒瓶湊近嘴巴往裡倒，不知不覺一手握著酒瓶杵在皮腰帶上便闔眼了，寤寐中，他看見車頂上的白蟻愈聚愈多，一群群從車門邊的隙縫飛出來，從座墊的破洞裡鑽出來，接著更洶湧地從窗外成群撞進來，先是被電扇的葉片打下許多，接著由於數目實在太多，電風扇幾乎要動彈不得了，地上鋪了一層厚厚的白蟻的殘肢，最後，白蟻啃光了車頂，開始啃食車廂內的乘客，爬了滿身白蟻的憲兵驚慌地拔槍朝蟻群連續射擊……。

❶應為「高粱」。

嘎啦、嘎啦、嘎啦，舊吊扇在沉默中發出突兀的聲音，老先生揉揉眼睛，小兒子還躺在身邊睡著，老婆婆、婦人和她的小女兒也都歪斜著身體，只有車廂中段的兩名憲兵還直挺挺地坐著，他的大兒子坐在他們中間，手肘抵在半開的鋁窗上，側身面向窗外，看著很遠的地方。老先生從地上撿起瓶蓋，拴上酒瓶，收進大布袋裡，感覺酒氣打鼻孔裡不斷冒出來，頭有些疼，眼角很重。直到老婆婆腳邊竹籃子裡的雞啼第三次的時候，老父親才又淺淺地睡著。

凌晨五點三十五分的時候，快到台北了，列車查票員從車廂的這一頭出現，查到老婆婆的時候，她翻起衣角，從暗袋裡拿出一張摺得小小的紙條，上面寫了一個地址和電話，叫查票員替她看看，確定這個地址是否在台北下車。確定了之後，她又不放心，便走到對面那兩個警察模樣的憲兵面前，要他們帶她去坐車。那兩名憲兵並不作聲，她以爲得到了默許，便把雞籃子和包袱移到憲兵的身旁坐下，等待和他們一起下車。穿入一段地下鐵道，火車停靠在台北車站第三月台，距離通勤的人潮還有一段時間，月台上只有零星的乘客，還有幾個用推車打包垃圾袋的清潔工人。老婆婆見憲兵起身要下車，便拉著其中未銬手銬的憲兵的袖子，要他幫她提竹編的雞籠子，那憲兵沒有理會她，逕往前走去，老婆婆依然緊跟不捨。

老父親從車窗內看著他們，忽地追到車外，他請求讓他的大兒子穿上襯衫。這時老婆婆也前來糾纏，她伸手拿著那張小紙條，說她不識字，要他們帶她去找。老父親見憲兵們停了下來，便上前拿起襯衫要替他大兒子穿上，穿了一隻手，另一隻有手銬銬著穿不了，這時，憲兵又開步往前走，第一月台上憲兵隊車站分隊已有便衣人員前來接應，兩名憲兵加快了步伐，老婆婆也吃力地追上去，她邊喘氣邊喊他們等她，竹籃子裡的雞也因搖晃得太厲害而咕咕地叫起來。月台上僅有的幾個人影也都回過頭來看他們。逃兵回頭望了父親一眼，示意他回去車上，老父親因爲擔心火車開走，便往回走，走了兩步，又折回，快步趕上他們。他邊走邊動手將那件襯衫褪下來再捲起，交回大兒子用手拿著。

當他們步入出口的時候，火車仍未開動，老父親和他的小兒子從車窗裡看著他們消失在地下道的入口。

又一個小時，火車開到基隆。出了車站，老父親帶著小兒子去公共廁所刷牙、洗臉。婦人抱著小女孩出車站之後，便直接穿過大馬路到車站對面，掬水軒情人禮盒的大招牌下，基隆客運的候車站裡等人。

他不是第一次和父親坐夜車上基隆了。洗完臉，他們並不直接到車站對面的海港大樓去，這時也還沒到辦公的時刻，他們穿過幾個巷子往鐵道邊的老人茶館走去，到了那裡，已有其他三位上同一條船的老艙員先到了。這兒的茶座是像教室般排列密密麻麻的竹躺椅一直延伸到騎樓外面來，因爲天光還不怎麼亮，那三人正有一搭沒一搭地看報，嗑瓜子，每個人身邊的小几上都放了一個白磁的茶杯。

老先生打過招呼，安置好行李，便領了小兒子到另一條街上喝豆漿，之後再到大菜場的老雜貨鋪裡買了些牙粉、醬菜和乾電池等東西，又給小兒子買了幾件內褲。回到茶館的時候，有人已去海港大樓的船務公司取回了一些個人的報關出海資料。老先生抽出上衣口袋裡的老花眼鏡和派克鋼筆來塡寫，其中，一名同事不會寫字，便要小孩子代筆，他記得上一回也是他代塡的。他用生硬的字體一欄欄地塡寫：陳遜，男，民國二十三年生，職務：廚工，緊急連絡人……。

塡寫過表格，接下來便是等船公司的九人座小包車載他們進碼頭上船了。司機小王待會兒便會開車過來茶館這裡，每回都是如此，也就成了不成文的規定了。他的父親催促他趕快去搭市公車回寄宿學校去，雖然學校規定是在下午五點以後才禁止學生進出，但是做父親的希望他早些回去溫習功課，而且從上學期他在班上成績一直落後，加上請假過長，學校老師已有些不滿。他很禮貌地向那三位叔叔伯伯告別，然後轉身要離開茶館，正要走的時候，他父親想起上次跑船之前答應要送他一個高倍的望遠鏡，但是忘了買了，他把小兒子叫住，從旅行袋裡搜出他保管的公務望遠鏡，交給小兒子，心想，這趟到了美國再到海員俱樂部附近的跳蚤市場買一個賠回去。他囑咐他不要用衛生紙擦拭鏡頭，還有不要對著大太陽看。

他將望遠鏡收進背包裡，再重新背上背包，往基隆客運公車站的方向走去。穿過幾條巷弄，兩旁大多是黑玻璃窗加上壓克力招牌的簡陋茶室，門口多半或倚或坐一、兩個濃妝艷抹、年紀偏高的風塵味女人。他並不否認自己並不排斥她們，甚或有些好感。打從小他就喜歡看見她們，但他知道自己年紀還不到走向她們的時候，他只是慢慢地經過這些晦暗中帶有潮濕熱情的半掩的門扉。

雨港的早晨是灰色調的，整座城市的大街小巷都像被鹽水泡過的。中藥房、咖啡廳、補習班、電器行都還未營業。他步上基信陸橋，從這兒可以望見整個基隆碼頭的大半邊，他看著那些全部漆成白色，桅杆頂有個雷達的小型軍用艦，還有另一邊光禿禿的灰色鐵殼船，再遠一點的地方，商船停泊處有一艘已完成裝櫃的大約十萬噸的貨櫃輪，那大概就是待會兒父親要上的船，他取出望遠鏡來看那艘漆成半黑半紅的大船，上面有一個看似管輪模樣的人在走動，還有甲板上用大水管沖水的人，他也可以想像得出父親穿了雨鞋在那欄杆邊打鐵銹和刷油漆的模樣。他知道船頭和船尾各三條用來停泊船身的那種粗大的馬尼拉纜，每一條價值好幾佰萬元，他也知道一些船員的工作守則和分科項目，但他從來不想當一個水手。

步下陸橋，往火車站的方向走去，途經一家體育用品店，他望了一會兒櫥窗，便走了進去。陳列架上形形色色的棒球手套吸引他很大的注意，他摸摸口袋裡，今早父親鎖門之後給他的一卷鈔票，打定主意，就走出體育用品店，找到一個公用電話，打給他一位上學期退學的一個男同學，他想約他出來打棒球，這是他現在最想做的事。

接電話的正巧是他的同學，他們簡短地談了一下，同學問他是否有帶手套出來，他說有。因爲同學要搭公車過來，於是兩人便約了十點半在基隆客運的候車處碰面。他掛上電話，心裡快活了許多，想到現正在學校上數學或童軍的同學，心中更是浮上一絲快意。快步走回體育用品店，他很仔細地檢查了球套的縫線及稱手與否的問題，然後爲了強調這份愉快，他花了幾仟塊的零用錢買了兩個名牌的內野手套，一個是給同學的一壘專用手套，而他的夢想則是做個滴水不漏的三壘手，他認爲快傳一壘封殺跑者是一件令人感動的事情。完成夢想的兩個半圓現在即將聚合，這值得他再買兩個職業比賽指定用的紅線球。

他提著裝球具的大膠袋來到候車處，不期然地看見早上搭同一班火車的婦人和她的小女兒，由於感到一些尷尬，他便避免眼睛朝她們的方向看。他取出他買給自己的那個深褐色手套，輕輕地將手伸進去，他感到手套皮質上的一層油光泛起一圈圈向外擴大的能量，他把球放到手套中從各種不同的角度來欣賞它們，包裹在皮網格中的球就像搖籃中的嬰兒一般舒泰而穩固，他知道這手套不久便會增添許多刮損的痕跡，但這就像戰士的傷疤一般更增加它的光榮。

大約過了十五分鐘，一名男子，大約是婦人的丈夫來到候車室，他的模樣似乎是從工作中抽身前來的，他的臉上一副不太愉快的神情，用簡短和冷淡的話語和婦人交談了幾句。過了一會兒，他們一家三口便搭上一班一〇一路前往和平島的公車。

他又在候車處的椅子上等了一個鐘頭，同學仍然沒有來。他想去打個電話，又怕同學在自己離開的時候到達，後來因爲肚子實在太餓了，便決定去打電話，接聽的是一個小女生的聲音，他很吃力地說明了自己是誰，還有要找的人，那個小女生停頓了一會兒沒出聲，接著說她和他要找的人早就沒有說話了，便把電話掛斷。他感到有些難堪，不知該怎麼辦。猶豫了一會兒，他又鼓起勇氣撥電話，接聽的仍是同一個人，由於緊張，他便倏地把電話聽筒掛上。

他到平價商店買了一個熱狗大亨堡，回到候車處的塑膠殼椅上繼續等候。每當前方有公車駛來的時候，他便注意看車門後站立的準備下車的乘客之中，有沒有他同學的影子，大約等了十多班公車，他都失望了，他知道他的同學不會來了。

他提起球具，背起背包，晃到公車停車場旁的國際牌霓虹燈大招牌下，從這裡可以很近地望見碼頭的船隻。他父親的船已經離岸了，另一艘更大型的油輪停在原來的位置。下午兩、三點的太陽依然熱辣辣地從海面上反射刺眼的波光，稍遠一點的地方就全看不見了。

由於昨天坐夜車沒睡足，他感到脖子開始酸疼起來，眼皮也重重的。他決定回停車處去搭下一班公車，趁五點學校關大門以前回到山上的寄宿學校去。

一班和平島回來的公車靠站，婦人和她的丈夫、女兒一行三人從車上走下來，那男的在前怒氣沖沖地下了車，快步直往陸橋的方向走去，婦人抱著女兒慌忙地跟在後面，小女兒手上拿著一枝在和平島買的五色風車隨風快速地旋轉起來。

她們一行三人上了陸橋，不一會兒，只見婦人抱了小孩神色悲傷地又從陸橋走了下來。他避免正視她們，但婦人認出他來了，並且把他視爲救星一般。她告訴他說她現要去追孩子的父親，因爲穿高跟鞋又抱著小孩很不方便，希望他幫忙看顧一下東西和小孩，她去找一下馬上就回來，她睜著兩個紅紅的眼圈向他苦笑了一下，他點點頭，她便讓小孩站到地上交給他牽著，放下行李，很快地轉身往天橋方向走去。

他牽了小女孩在候車室的四周繞著，讓風轉動她的風車，她的胸前掛著一只奶嘴隨著她不穩的腳步一左一右來回地擺動著。走了好一會兒，小女孩不肯走了，他去票亭旁的攤販買了兩個火箭筒巧克力冰淇淋，兩個人坐在座位上吃著，小女孩吃得慢，溶化的冰淇淋往下巴、脖子流到衣服上，胸前的小花邊給染成一大片深咖啡色的水漬。吃完冰淇淋，他拿出球來哄她，他把球從地板上滾給她，叫她把球扔回來，玩了幾回，她一個沒扔好，將球向後扔列候車棚外，她想跑去撿的同時，一輛公車正準備靠站，他趕緊衝上前把她抱起來放到座椅上，在驚嚇之中自己也坐下來。

婦人回來的待候，或許是沒追上她丈夫，或許是追上了又聽了幾句狠話，她眼眶周圍黑色的眼影已漫漶開來，她抱起小女孩，不住地用哽咽的聲音向他道謝。在他回學校的公車來到之前，她禮貌性地問了他一些事情，還有關於火車上的人跟他的關係，他很簡略地回答了。待他上公車時，婦人再次道謝，小女孩也不住地揮動風車向他道再見。

搭上公車，他坐在公車最後面，把球具放在腿上用來枕著頭，公車駛離市區在山路上繞了幾轉他便睡著了。一直到了終點站時他才被司機叫醒下車，他必須往回走兩站才能回到學校。

經過公車上的睡眠，他的體力和精神都恢復了許多，提著背包和球具往下坡路走，並不覺得累，山路雖有點陰森森的，但不時有車輛或機車從他身邊開過，一路上路燈也還明亮。走到一處沿路種植高大龍柏的馬路再向右迴轉爬一個上坡，學校就到了。他從遠遠的地方就望見大鐵門旁校警老黃的窗戶從樹縫裡透出暈黃的光線。

他走到玻璃窗下，將行李放在地上，敲了敲窗玻璃，老黃正喝著茶在收看晚間新聞，聽到有人敲窗，放下手上那杯熱龍井，扯著大嗓門問道：

「誰啊？」

媽祖宮的籤詩

吳敏顯

每座廟，都有個籤筒。我們宜蘭媽祖宮，有兩個暗金色的銅鑄大籤筒，筒中插滿一大把竹籤。

每一枝閃著油亮的竹籤，都可以到紙籤櫃裡去兌出一首籤詩——或人世的悲喜、或天象的旱澇、或土地的饒瘠、或事業的順逆、或情愛的甘苦、或行旅的吉凶，甚或是五穀的豐歉、家畜的盛衰等。

將近一百八十年周而復始的輪替，籤詩所預卜的悲歡離合，有時竟也有戲文一般傳奇，有時則充滿著人們認命後的感人親切。竹籤上的手澤，一層滋潤一層，終於被摸得油亮亮的，繼續傳遞下去。

多數人，喜歡找廟祝解析；我一向高興自己揣度，因爲那是一首一首存放在許多歲月裡的秘密，有些只許媽祖和自己知曉，怎好讓第三者去窺探？

第一首

廟的額頭上，懸掛有一塊褪了顏色的木刻匾，上面雕著：「敕建昭應宮」五個正楷字；不過，我們宜蘭人都說是「媽祖宮」。

祖父這麼叫，父親也是這麼叫。

有一天，我帶兒子去看布袋戲，他回家只對他姐姐說，到過一座很大、很老、又很舊的廟。我忍不住的告訴他，那是媽祖宮。

第二首

媽祖宮的草地，不在地面上，而在橘紅色的屋瓦上，與飛簷翹翅比高。因爲路是柏油馬路，地是水泥地，或紅磚鋪成的天井，此外就是鋼筋水泥房子。青草沒地方站腳，種子們只好飛向天空，然後集合在屋瓦罅隙，快快樂樂的成長。

燒給媽祖的香，青草們分享；人們的禱告，它們竊聽；但藍天和陽光，竟由它們獨吞。在從前，青草連雨水都不讓滲漏，近些年來，總算分一些給檜木的椽和梁。

第三首

媽祖宮的龍柱，與眾不同。傳說是過海來臺的唐山師傅，拿刀鑿在過海來臺的唐山石頭上雕刻而成。灰沈沈的岩石本色，比其他那些彩繪的五彩蟠龍，更爲懾人萬分。歷經一百多年歲月，使牠失去了些許刀痕鑿印，卻消磨不了牠的奕奕神采，總是那麼升騰欲飛的姿態，彷彿受到某種催喚。

龍柱不是一般的龍柱，石獅也不是一般的石獅。簡明俐落的刀法，雖無盛世紛繁的光景，倒有承平的古拙和喜樂。孩子們騎在牠身上，故事書堆在牠腳下，旅行袋掛在牠頸脖上。

每回我走過牠身旁，總不自禁的伸手去撫摸，霎時掌心裡便隱約感受到牠的呼吸，那來自古老年月的一種深沈起伏。尤其在躁悶的炎夏午後，立即有一股特有的清涼傳注我全身，令我心地很快獲得澄明。

第四首

簷下及門扇兩側，雕鏤得很精緻的透空圖案，大多已呈木材本色，稍微偏灰。在部分凹檔內角處，殘留有紫金黛綠的漆痕。這些層層疊疊的木雕架構，像那讓人讀起來喘不過氣，卻又愛不釋手的詩詞歌賦。我想，如果那些顏色不褪的話，一定富麗堂皇，一定紛繁美艷；但有時也想，當真那般，看來可能只有一派炫耀印象，而無如今的沈穩，甚至不見典雅。

一時倒眞不知道應當選擇哪一樣，才是最稱心、最得體。擔心的是，若將它再補上漆繪，可能就像上了年紀的人，不一定個個都適合穿花衣裳。偏偏最近已有一些士紳、官員在動這種腦筋。

門檻外，出租漫畫書的攤子，擺在北側門口台階上，修鞋老人把一些用具讓石獅子看管，獎券攤則豎在南邊龍柱下。賣香菇粥的商家，是個裝有輪子的推車，要到天色都暗了之後，才會推到廟門口。他們已經成了媽祖多年的老友。

跨進門檻，算命山人只留下一張蒼老的木頭桌子，擺在門神膝下。桌子正上方橫梁上，懸垂一根鐵絲，緊繫著一塊上書「命卜相士林玉山寓此」的木板，而長久以來，他似乎都不在這個「寓」了。

第五首

過廟門往裡走，要隔個天井才是媽祖坐著的正殿。看廟的人，坐在神殿旁邊的櫃台裡面，等著賣香、賣餅乾、賣蜜餞、賣野山柚仔茶。

天井鋪著紅磚地，面積不大，倒足以濾去不少闖進來的市聲。據說，以前常有麻雀落到天井來暢懷聊天，但這已是人們遺忘的往事。

天井兩側，各有走廊通往正殿。兩道走廊，偏北的一向是年輕人的天地，有蹲著的，有乾脆坐在地板上的，或用拖鞋墊在屁股下坐著的，全都手不釋卷地盯著漫畫書，陪媽祖度過暑假及寒假；而南側走廊，大多是一些老人，他們坐在長條板凳上，守著廟裡特有的寂靜及肅穆，一包香菸、幾聲咳嗽、一陣瞌睡，便是他們的早晨、午後，和黃昏。

兩側廊簷下，成串的塑膠燈籠，紅辣辣的，像極了本就天眞出色的村姑，突然心血來潮去塗抹一臉胭脂，連看著的人都覺得尷尬。

第六首

很多廟口至少會有一棵長著鬍子的榕樹，或其他會結果的大樹，而媽祖宮沒有，它只有電線桿和水銀燈。

很多廟口都會有一片大大的廣場，讓戲班子演戲，讓信徒跳過炭火堆，而媽祖宮沒有，它只有一塊連接著兩邊商店騎樓的紅磚地，用來停放幾輛腳踏車和擺兩個小攤子，再跨出去一步，便是人車擁擠的大街。

沒有花樹，自然沒有春夏秋冬。不過媽祖似乎可以用人車來往，去度量歲月；拿鑼鼓、鞭炮、香火，去辨別季節。

以廟門爲界，陽曆的市街，與陰曆的廟中天井，在人們心目中，永遠等量齊觀，並行不悖。

連客運班車司機在內，經過廟口照樣噴著黑煙，照樣大力撳響喇叭。也許，他們認爲媽祖老了，已經耳不聰、目不明，只要提防交通警察攔截就行了。

所幸，門神雖不管噪音，也不管空氣汙染，但一過門檻，倒還能管住一番清明。

在廟的左邊，與店鋪民家尚有一條通人小巷隔著，從外牆仍舊可以瞧見那種寺廟才有的大塊石板，及特別的砌築方式；至於廟內牆，則處處是刺眼的白磁磚，那顯然是善男信女的熱情奉獻，卻有如用明星月曆紙去包裹一本佛經封面般的不相稱。數十年，甚至一兩百年的歲月風貌，因少數人一時興起，便輕易被勾掉一大半。

第七首

二十幾年前（西元一九六〇年代），我常在大清早背著書包，到媽祖宮對街的飲食攤吃清粥。年齡稍大領到薪餉，則去吃韭菜炒牛肉，嚐試一點冰啤酒，或吃當歸鴨、四神湯。那時飲食攤棚一個挨一個，上覆鐵皮頂，隔間則是利用竹竿拼湊。這個攤棚堆，本來是個廟前廣場，所以在油煙紛起的一角，有一座被人搭成住家的戲台。

如今這塊地上，早已建成了宮前大樓，有飯店、咖啡廳、海鮮館。人到底是自認爲有遠見的，若廣場與戲台都存留著，中間隔著一條車水馬龍的大街，過馬路時誰也不讓誰，媽祖想看的那場戲，將是多麼驚險的劇情呀！

現在廣場和戲台都不見了，夕陽照到對街飯店大樓煙囪，就消失了，夜色僅掩到咖啡廳的霓虹燈上方。廟頂瓦片間的青草，只知道天晴、天陰，或天雨，媽祖望不到祂的山，也聽不到祂的海。

第八首

很多有錢或沒錢的人，來求發財，媽祖牽動一下嘴角，似笑非笑，看來祂像是答應了；很多遭遇不幸的人，來求保佑，媽祖牽動一下嘴角，似笑非笑，看來祂是答應了；很多喜氣洋洋的人，帶著豐盛牲禮來酬謝，媽祖也是牽動一下嘴角，似笑非笑，看來祂是收受了。煩愁的人，來訴心曲；犯錯的人，來求寬恕。媽祖無一不屏息聽其傾吐。

太陽照進天井裡，月亮照進天井裡，媽祖依然端坐在神殿的寶座上，多少年以不變應萬變的神情，在在明示著——太陽仍是人間的太陽，月亮仍是人間的月亮。

煙濛濛的神殿裡，只有燭火紅芯，卜突卜突閃著紅光。另外兩座寶塔型的千佛平安燈，則宛如人們從郊外遠望著鬧區裡的兩幢大樓，密密麻麻的窗子，都亮著一盞溫暖的燈光。香爐上，炷香所冒著的青煙，由一室氤氳襯托著，裊裊直上屋梁，再順著屋頂兩個斜面漫開。

這時刻，每一張面孔都是好看的，或許縱使有一肚子委屈愁苦，或一心潑辣凶悍，於今也因飽含企望的眼神，而使面容改觀。

對人生的信任，往往會徒勞無功，一時竟也少有人去計較，一如孩童要不到好吃的，哭幾聲便算了，即使哭得久些，根本早就忘了爲什麼哭了。

第九首

媽祖宮，似乎比任何宜蘭人的記憶，都要蒼老！

媽祖宮，似乎比任何宜蘭人的記憶，都要孤寂！

在那門口石階上，曾經坐過吹著横笛的，曾經坐過拉扯著殼仔弦的，曾經站過大嗓門的說書人，也曾經站過口口聲聲爲你做牛做馬的候選人。

走過老年人，走過中年人，走過少年與孩童。有時，門板上的門神，一夜未曾閉眼，攙扶看管著的，竟是一個袒胸凸肚的醉漢。

不管是相識或陌生，不管是歡樂或悲愁，不管是凡俗或傳奇，不管是存在或虛無，坐在媽祖宮的台階上，坐在許多歲月、許多人坐過、站過、走過的台階上，是很容易渾然忘我，再也不用去辨別天上或人間，神明或鬼怪了。

也許，神的天地本來就應當廣闊無際，否則如何容得下人們所傾吐的慾望與哀怨？但燭火的光影，炷香的氣息，杯筊觸地的聲響，洩漏的何止是不安分，還洩漏了人世間的無知、無助，和辛酸。

解曰

六月某日，陽光正照著被前夜雨水所洗刷過的路面。詩人瘂弦先生與許多朋友，在宜蘭市區最熱鬧的一條街上散步時，突然看到一座古老的廟，正遭到兩旁的樓房擁擠著。

廟很老，建於清朝嘉慶十三年，離現在（西元一九八三）一百七十五年，曾經改向並重修，仍老得許多樑柱都褪了顏色，甚至讓滲漏的雨水浸濕。

當大家聽說廟的前殿，那留有最多歷史跡痕的一隅，積極準備改建時，每個人都忍不住的去撫摸著那相傳來自唐山的龍柱，然後站在媽祖面前，各自尋思。

——原載一九八三年九月七日《聯合副刊》，收錄在吳敏顯散文集《與河對話》書中

二〇二四年十月修正版

台灣媳婦

林立青

我對公務機關的信任，以及對於法律的質疑開始崩解，是從一件最小的事情開始的。

大概在我剛退伍的時候，前往一個大型建案工作，工作內容是帶著工人們進入管理甚嚴的工地。那段日子稱不上開心，尤其是我當時發現，台灣的社會歧視無所不在。

我還記得那個外配大約是二十四、五歲上下，約略和我同齡，是一個很年輕的大陸女孩，和泥作師傅一同前來。那是一家子，爲首的大伯帶著弟弟、弟媳一同承包泥作。這個陸籍女孩與丈夫、大伯一起到場。大門管理的警衛在進場登記姓名時，開始嘴賤了起來，直嚷著台灣人以後要沒有工作了什麼的，他一面要求要有工作證，一面刻意地，全程用台語跟我對談。我還記得我那時候的手機是NOKIA N78，很緩慢地連上網路後，秀出查到的資料給警衛看，堅稱「現在不用工作證也可以工作」。警衛則被這樣的全新訊息弄到惱羞成怒，不斷說他看過警察來工地抓外配。口說無憑，我沒有文件爲證，我們就在現場僵持著，直到大工地主任到場，同樣的廢話再重複一次，還接連在警衛室打電話，從市公所一直打到內政部，每個公務單位都廢話連篇，巴不得你立刻斷線。工地主任表示等晚點巡邏的警察到時，直接問就好。

我們從八點弄到十點，那個女孩子的臉色沉悶而無語，她的丈夫在路邊抽菸，整台貨車連同車上整套的泥作工具和土牛，就這樣在太陽底下曬著等著。

終於到後來，巡邏的警察到場了。警察爽快地表示：「現在開始不抓外配工作，不管哪一國來的，只要有居留證就好。」於是我們拿出居留證，警察豪爽地說那就要讓人家工作。原本想著終於有個好警察來秉公處理了，結果那警察不知道爲啥，突然說：「來做工喔？不要到時候跑了。」那警衛也因爲沒面子，惡狠狠地撂下話：「看你做多久！」

之後雖說是進場了，但是很長的一段時間裡，工地現場氣氛都不太好。連那個女孩子借我的機車去買礦泉水，無聊的警衛也要盯著問有沒有駕照云云。後來我們逐漸熟識，我吃過女孩和婆婆一起包的粽子，看她爲丈夫縫製的補丁，見她每天用嬌小的身體甩起水泥，在土牛旁邊攪拌，再用長勺遞給丈夫、大伯。用一小時就知道，她是整個工班中重要的小工。

後來我到了警察局，想請警察給我一份文書，但警察表示他們只是不抓了，至於爲什麼不抓，他們也不知道。到了市公所，市公所的志工們搖頭晃腦，完全不能理解我要這種東西幹啥。之後我又去了外交部，等了半天也沒回應，承辦員要我自己去找警察。最後我終於放棄，埋下我畢生以取笑公務員爲樂的意識形態。

取笑和嘲諷，往往只是弱者宣洩無力感的做法。公務員們依然「好官我自爲之」，他們的愚蠢只是反映我們社會低能的代表而已。這種自以爲沒有歧視的偏見無所不在。我們自以爲用居留證上的註記就能給予平等，就能夠保障他們的生活和工作，但實施起來，就是歧視的根源。那警衛從一開始的嘴賤，到後來的惱羞成怒，這種無法徹底根除的刻板印象，後來轉換成貼在人身分上的標籤久久不去。舊有工作證申請表單上那些官方的文字列表，讀來更是令人噁心而憤恨。

我還是在各處看到這些女子認眞而努力地活著。有時候她是鐵工，在那毒日曝曬之下，用著鐵線綁起鋼筋。有時是清潔工，在角落收著垃圾。有時她幫丈夫貼著瓷磚，而有時候在工地門口騎車送便當，在檳榔攤剪檳榔，在路邊攤切菜煮麵、蹲著洗碗。

她們薪水不高，待遇也絕對稱不上好，往往還要操持家務，甚至照顧長輩。在這個不景氣的時候，她們幾乎不可能沒有工作。儘管待遇令人絕望，她們卻認眞地做著。

如果我們判斷人的標準，是用刻苦，是用勤奮，是用力爭上游的努力和對於生活的認眞，去決定一個人的品格，那我們不可能看不出來她們值得擁有尊敬，我們又怎麼能夠允許這個社會將她們分別列上不同的標籤呢？我們既然知道以一個人的經濟條件去斷定其社會階級以及地位是錯的，並且深惡譴責，那又爲什麼不改變對她們的看法呢？

較我們富裕的，優待以禮；較我們貧困的，輕藐排斥。從歸化申請到婚姻皆是如此。這種不基於一個人的道德品行而只看出身所訂下的規定，野蠻而暴力。人與人天生就有體能、個性與智力的差異，有的人強，有的人弱，有的人文化和我們不同。如果我們的社會再對弱者加上標籤，那無疑是將他們推往這個社會的更邊緣處。而一些謠傳和政治的挑撥，使得這些原本就處於弱勢的女子們，更成爲社會上幾乎無聲無息的人。你看不到她們的無助，更聽不見那些哭聲。

有些運氣不這麼好的因所嫁非人，家暴之後無處可去，她們的任何選擇都成爲非法的控訴。當她們默默爲我們付出時，我們視之爲理所當然；當她們試圖反抗時，我們立即排斥。非我族類者，其心必異。所有的標籤蜂擁而來，忽略她們那爲數不多的選擇，也掩耳不聽她們的控訴。一個標籤能夠解決的，就不用理解。極端的案例成爲理所當然的歧視角度，讓她們更不被看見。

但事實是，她們在工地忍受惡劣的空氣、咬手的水泥、渾身濕透而浸滿汗水的衣物，以及隨時可能受傷的環境。在車陣中穿梭，發放沒人要看的建案廣告。在餐飲店的大鍋前煎炒炸，在水槽旁洗無盡的碗盤，和我們一般勞工一樣，甚至待遇更差。即使我們的社會說要尊重，但依然有些酸言酸語，刺激並且嘲弄著她們，這些台灣媳婦只能裝傻回去剪檳榔，又或是甩頭繼續手上的工作。但只有說話的人以爲她們聽不懂。實際上，她們什麼都懂。

我每每懷疑，爲什麼大家不去直接面對這些存在於我們身邊的女性，不去直接理解和關心，不去從她們身上觀察和體悟，反而要聽信恐懼與謠言。

我往往在接觸後，都被她們堅韌無比的生命力而感動，甚至自慚形穢，也眞心認定，她們值得我們這個社會更好的待遇。

但願如此。

——出自《做工的人》，寶瓶文化事業股份有限公司

環境保護篇

導讀／黃培青、王秀珊

〈禿山〉／王安石

〈閒情偶寄．種植部〉選／李漁

〈黑潮の親子舟〉／夏曼．藍波安

〈看見大翅鯨〉／廖鴻基

〈水岸灘頭油點草〉／凌拂

〈溼地記得的事〉、〈序章——木麻黃〉／黃瀚嶢

〈蛛生〉／黃亭瑀

〈高山青〉／白靈

〈凝神的珠露——記兩則阿里山情緣〉／蕭蕭

〈日之出〉／路寒袖

〈《馬達加斯加》系列電影裡的「現代方舟」形象〉／黃宗慧

〈我家門前有小河〉／朱天衣

導讀

黃培青、王秀珊

「環境」是永續發展目標中重要的環節，維持氣候、生態系的平衡，更是人類在追求科技進步、經濟發展的重要基石。而此一環境倫理關係的反思，早在先秦時期，即有「不違農時，穀不可勝食也；數罟不入洿池，魚鼈不可勝食也；斧斤以時入山林，材木不可勝用也。」（《孟子‧梁惠王》）的永續發展理念。

古人重視生民所需，對生存環境也有所關注，譬如銳意改革的宋代政治家王安石，他所寫的〈禿山〉詩即以獼猴屬之動物「狙」為喻，暗示若只憑生存之欲對大自然隨意地掠奪，將會超過土地所能承載的限度，毀去生生不息、可供物種永續存在的根本，禍及後代，且難以挽回。其以深遠眼光與警示意味的寓言，也印證了千百年後聯合國推動「永續發展目標」（Sustainable Development Goals, SDGs）中，目標12的第2細項目標「實現自然資源的永續管理以及高效使用」的基本精神。如果吾人仍未能警覺並加以挽回，則詩中困於島內無以為繼的猴狙所預示的，即是不懂珍惜地球的人類最終的結局。

明末清初著名的生活美學家李漁，在其代表作品《閒情偶寄》中也寄寓他對自然界物我關係的深刻體認。在〈種植部〉體現的世界觀裡，花木是生活中不可或缺的存在。無論在居處的空間，或山林幽賞的行踏旅跡中，花木所帶給人們感官饗宴與哲思啓迪，皆是其他事物所難以企及的。如〈木本第一‧序〉中所載，作者由「入土之淺深，藏荄之厚薄」聯想到為人「植德」用力與否的問題。這種君子比德的思維進路，不僅升華了感官的美感體驗，更朝向道德完成的方向飛越。例如在「花中四君子」梅、蘭、竹、菊各目中，作者均有深刻的植栽、評賞的經驗陳述。賞梅時，因應山遊、園居的不同，而有不同的賞玩方法與情趣。無論設帳、置屏以就花，皆能體察到賞梅的深趣。而賞蘭時，作者則建議宜設兩室，要在有蘭、無蘭的室宇中轉換，方可在參差錯置的空間移動中，長保感官的銳敏，方可識得幽蘭眞實的氣味。而種竹之時要銘記「多留宿土，雨過便移」的祕訣，藝菊時則需「防燥、慮濕、摘頭、掐葉、芟蕊、接枝、捕蟲防害」，凡此種種皆可識見作者「粒粒辛苦」、苦心耕耘的護惜之情。更令人驚艷的是，作者在老圃藝菊的過程中，體貼到「修士之立身」與「儒者之治業」的相似情境。顯然，對作者而言，樹藝牧養可與修身之道相互聯繫。其他如作者視水仙如命，可感受其對花卉的愛賞之情，而對芙蕖的認識，在適目感官之娛外，更有備家常之用的實際功能。是以，在李漁眼中，美與實用，甚或是與德行的完成，皆有著萬縷千絲的聯繫。在兼具理性、感性的依存關係中，也體現著自然與吾人之間深刻的價值與意義。而在上述的表述中，不僅提供吾人相關藝養植栽的知識與智慧，也與SDGs12.8「確保每個地方的人都有永續發展的有關資訊與意識，以及跟大自然和諧共處的生活方式。」有著精神、理念上的一致性。而作者廣栽林木，創造、點綴居處環境的生活情趣等作爲，也與SDGs11.7「爲所有的人提供安全的、包容的、可使用的綠色公共空間。」有異曲同工之妙。

時序跨入現代之後，吾人將視野拉入當今臺灣山海經驗的審視。首先選錄的是「阿里山詩路」上，謳歌山林美景的詩章。今「阿里山詩路」所在之地「沼平公園」，原爲阿里山上的一座伐木聚落。它坐擁阿里山之山嵐、雲海、霞光……等勝景，有著獨特的自然人文景觀。然而，不幸的於一九七六年時，山林遭逢一場大火，部落也爲山火所燒毀。二〇一二年林務局於原址重修，邀請了林亨泰、余光中、向明、張默、鄭愁予、隱地、李魁賢、林煥彰、席慕蓉、陳塡、蕭蕭、白靈、渡也、路寒袖等當代詩人，一同作詩謳歌阿里山，並收錄鄒族已故詩人高一生的遺作。林務局以詩碑刻石的方式，錯落放置在林間步道之中，自此森林、鶯聲、詩路、花語，交織成爲阿里山最美麗的文學地景。本課摘選了蕭蕭〈凝神的珠露——記兩則阿里山情緣〉、白靈〈高山青〉以及路寒袖〈日之出〉等名家作品。蕭蕭筆下著墨的是清晨石上、屋頂、葉面凝結初霧的珠露。在詩人的意想中，這或是天邊逸落的明星或是三蕊落櫻的嘆息？在聯翩浮想間，也拓延了讀者對於美的邊界的想像。而白靈的詩作表現出對故曲歌謠〈高山青〉的禮敬，在純樸的山林間，原鄉生活的大地之子，倘佯奔跑在山林母親的懷抱。在蜿蜒的小徑中，輕鳴汽笛的小火車，嘴裡吞吐著煙霧，綴接成一句句對大山的謳歌與禮讚。而路寒袖則著眼於日出時分，反向描寫太陽蹲踞、蓄勢待發的景象，曙光乍現的那一瞬間，在無數期待的眼神中，凝定爲衆人心中永恆定格的畫面。在綜觀、微觀，小大視野的轉換下，日出、神木、霧珠……搭配著悠揚的歌聲，啓領著吾人反思多項SDGs指標。如15.2「落實各式森林的永續管理，終止毀林，恢復遭到破壞的森林」，或15.4「落實山脈生態系統的保護，包括他們的生物多樣性，以改善他們提供有關永續發展的有益能力。」，甚至15.B、「動員來自各個地方的各階層的資源，以用於永續森林管理。」皆可透過相關詩篇，引發吾人省思。

此外，廖鴻基〈看見大翅鯨〉一文揭露，曾經臺灣南端海域常見大翅鯨躍然相呼，並於此生育下一代。當時的海上，是一片充滿和諧生機的景象。然而，自日據時期開始，人們貪婪地濫捕，而使得大翅鯨們絕跡不來，而今僅在《恆春鎮志》中載記著被鏢殺而暈染出大片血海的身影和最後族滅的悲劇。SDGs 14強調海洋保育，舉凡14.4「有效監管採收，消除過度漁撈，以及非法的、未報告的、未受監管的（以下簡稱IUU）、或毀滅性魚撈作法」、14.6「禁止會造成過度魚撈的補助。」、14.7「提高海洋資源永續使用對SIDS與LDCs的經濟好處，作法包括永續管理漁撈業、水產養殖業與觀光業。」……等，皆與本文息息相關。當然，這些關切，並不只是爲了經濟上的永續發展，❶更有人類身爲地球上一員所應有的關懷與責任。在文章裡，敘述一後壁湖的老漁民回憶鏢殺一頭小鯨時所遭遇母鯨瘋狂擊舉小船的驚心動魄，他不禁忽有同感，認爲若有人這樣鏢殺他的孩子，當然要和對方拼命。這一小段記憶便足以說明，大自然中的物種繁多，

❶ 14.2 細項目標中強調「永續管理及保護海洋和海岸生態系統，避免產生重大負面影響，包括加強海洋恢復力，並採取復原行動，使海洋保持健康、物產豐饒。」大翅鯨不再於台灣南端海域生養後代也許已是不可恢復的，然而台灣的海洋仍有許多相關產業，如漁撈業、水產養殖業與觀光業等，皆需要永續管理，方能使我們的海洋保持健康、物產豐饒。

人類固然是萬物之靈，卻不能只將自然和萬物以人類爲中心地視爲是種種的自然資源而已，自然萬物也許可以爲我們所利用，更應該爲我們所尊重愛惜。廖鴻基於文章開始即舉夏威夷茂伊島的人們期待每年大翅鯨家族的歸來爲例，說明了牠們不僅是夏威夷重要的觀光資源，更是融入了夏威夷人的生活文化與觀光文化中，人們是以歡迎家人朋友歸來般的平等姿態對待大翅鯨們，並因而願意向世界推廣對牠們應有的友善態度，且以之爲榮——即使是在路邊的人孔蓋都細心叮嚀著：「關心大翅鯨的朋友，請別讓汙水從這裡流入海洋。」茂伊島的人們和大翅鯨家族所一同示範的，不僅是上述12.2細項目標中人們對自然資源的永續管理以及高效使用，更是展現了12.8中具有人文關懷精神與啓發之處：「確保各地人民都能具有永續發展的相關資訊和意識，以及與自然和諧共處的生活模式。」不論是人與人之間或是不同物種之間，自然和諧的共處理當來自互相的瞭解與尊重，設身處地爲彼此設想的平等方能長久地互惠共榮。

再如夏曼·藍波安〈黑潮の親子舟〉文中所展現原住民面向自然的姿態，是敬畏的，是謙卑的。文中敘述蘭嶼達悟族的男人要遵循自然之道和傳統技藝親手造一艘自己的木舟，故而砍造木舟的樹時，要一邊誠心祈求。此一祝福與感謝大自然的儀式中蘊含著尊重萬物靈魂的智慧：「在一個月上山砍伐造舟的材料的同時，學會了敬畏山林，學會了祝福祖靈，學習疼山愛海的本質」，這便是取諸自然，用於生存和傳承之際所展現的向一切生命致敬的敬畏之心。畢竟，自然孕育萬物不易，故而每次犧牲都應有重大意義，並且必須依循自然的法則而行，便不會過度耗損自然資源，方能與自然和諧共處。這也符合永續發展目標SDGs15目標：「保護、恢復和促進陸域生態系統永續利用。維護森林防治荒漠化，制止並扭轉土地退化，以及遏制生物多樣性的喪失」。而人們在此富於自然法則之智慧的體力勞動和生存競爭中，也因而有了彰顯與堅持生命之尊嚴的謙卑姿態。這除與SDGs 12.2、12.8永續、和諧共處之目標結合，亦與14.2「以可永續的方式管理及保護海洋與海岸生態」、「以實現健康又具有生產力的海洋。」目標一致。

是以，當年劉克襄爲黑面琵鷺的平安過境發聲疾呼，也幸而我們當年做了正確的決定，使得黑面舞者們仍能在我們的土地上盡情躍舞，由一九九二年全球不到三百隻到二〇二三年的超越六千隻。❷如此成果固然令人欣喜，不過，當黑面琵鷺避開了恆春大翅鯨的悲劇結局，之後呢？我們身邊乃至全世界迄目前爲止竟有超過四點一萬種動物面臨滅絕的危機。其中尤有可能於二〇五〇年消失的動物，如北極熊、西部大猩猩、加灣鼠海豚、皇帝企鵝等，皆直接或間接因人們過度開發而衍生之溫室效應、濫墾濫伐、非法盜獵與買賣等問題，導致牠們在氣候變遷、棲息地喪失或外來種入侵等惡劣環境下數量驟減。❸因而，不僅是黑面琵鷺需要我們，許多環境的保護議題仍然需要眾人的持續關注與付諸行動。我們的土地上是否能有更多的幸運兒好好生存下來，不受限於形態、物種之別，在人類文明世界中自然地與我們永續共生共榮？願你我能爲自然萬物與我們之間深刻的連結與基於對生命的敬重而有所深思。

即使只是從日常生活中多吃蔬果少吃肉、不浪費食物、吃當地食物、減少冷氣的使用、多加步行或搭乘大眾運輸，或是選擇碳排較少的消費或旅遊方式等小小行動做起，就能使我們減少碳排放，減緩一分地球

❷可參魯皓平為梁皆得拍攝的紀錄片《守護黑面琵鷺》所撰寫的報導。文中提及當年「不同領域的愛鳥人，以跨國合作的用心，為開拓黑面琵鷺的生存空間披荊斬棘。其中的奉獻者包括學者、繪本作家、賞鳥人、基層公務員、養殖業者，以及更多的無名英雄」，台灣即有人稱「黑琵先生」的攝影家王徵吉可為守護黑面琵鷺 30 年的代表。見魯皓平：〈《守護黑面琵鷺》：台灣最美的候鳥，30 年來最動人的守護與堅持：紀錄愛鳥人士長達 30 年的奔走與守護〉，《遠見雜誌》，2023.2.21，https://www.gvm.com.tw/article/99849。檢索日期：2024.11.26。

❸相關新聞見蔡斯媛編輯：〈物種恐大滅絕？AI 列出 11 種「可能在 2050 年消失的動物」：牠從 35 年前便失去蹤影〉，「周刊王 CTWANT」，2024.10.23，https://www.ctwant.com/article/371220?utm_source=yahoo&utm_medium=referral&utm_campaign=371220。檢索日期：2024.11.26。

暖化的速度。❹如果我們願意瞭解，生活中也處處充盈著自然的贈禮。荒野漫生的眾家植物，不僅是人們多識草木之名的知識媒介、休閒生活的點綴、養生的食材，更使我們透過步行野地、俯身貼近野草的經驗，體悟與大地融合又珍而重之的精神。凌拂《山．城草木疏》寫她在遠離塵囂、螢火滿谷的山間小學教書，十年中教學之餘她近身觀察野地花草，並手畫其姿態，加以簡單採食，一切自然純粹。其自序言：「那些被書寫過的小草、植物、地景，極其卑微，然而沒有它們就沒有一切，所以極其燦亮。山野沉寂冥默，但為我們帶來巨大的無中生有，那一段時月，我是真正確鑿和它們一起生長過的」。❺本書選錄〈水岸灘頭油點草〉一文，除了能夠一嚐山中野蔬的美味之外，更希望我們能懂得欣賞它們的美與生存之道——喜歡長在陰濕水域的台灣油點草，水息清芬、紫花駝紅、軔葉油碧，在荒野漫草中也對自己的位份有一種明確的存在與確定，它在大地上令自己自然適意，也令看見它的人欣悅愉快——讓我們也能與世上萬物一起如此共適生長、永續互惠。這與SDGs 15.1「保護、恢復及永續使用森林、沼澤、山脈與旱地。」、15.4「保護包括他們的生物多樣性，提供有關永續發展的有益能力。」、15.5「減少自然棲息地的破壞，終止生物多樣性的喪失。」……等細項精神，皆緊密相關。

提及朱天衣〈我家門前有小河〉，讀者或可從「我家門前有小河，後面有山坡……」熟悉的兒歌旋律出發，喚醒孩提時期對「家」的親切想望。文中作者自幼對於豢養小動物即有著滿滿的熱情，然而童年時囿於各種緣故，未能完成院落、池塘……等等想望，在長成後終於有機會能依著自己想像的藍圖，構築屬於自己

❹永續發展目標 SDGs 的第 13 項目標：「採取緊急行動應對氣候變遷及其影響」（Climate Action）。其下 13.3 細項目標是：「針對氣候變遷的減緩、調適、減輕衝擊和及早預警，加強教育和意識提升，提升機構與人員能力。」其中「加強教育和意識提升」正是我們在日常生活中最易付諸行動的。

❺凌拂：《山．城草木疏》（新北市：無限出版，2012 年）頁 6。

的理想家園。文章裡，山居歲月為她開啓了不同的視野，在溪流湍、緩變化中，除對自然力量感到震懾與敬畏外，也在沁涼的柔波中，覓得了詩意棲居的恬然與自適。在作者溫暖且充滿詩意的視界中，親切、細膩地為人們演示了另類的郊居風景。也引領著讀者以尊重、愛賞的態度，在物我、自然的關係中，體貼湍湍溪流所譜寫的生命故事。這與SDGs 15.1的永續生態，與15.5、15.A的生態系統多樣性的維護，皆有著密切的關係。

至於黃宗慧〈《馬達加斯加》系列電影裡的「現代方舟」形象〉，則是出於動物倫理的關懷，以剝筍式的思考進路，審視當今影視文化中所建構的動物世界觀。文中由動畫電影《馬達加斯加》出發，思考幾個核心問題：「動物園到底是誰的快樂天堂？」、「在動物園的動物是否可能比野外的動物過得更好？」、「動物園眞的是現代方舟嗎？」。進而帶出「動物園裡的裝飾都只是為了製造假象」而這些這些虛假的、人為的環境布景，只是為了滿足觀覽者的心理需要。而被隔絕餵養的動物，行為反應也都因此產生了變化，牠們蜷縮在邊緣角落，因為牠們以為「在邊緣之外或許存在著眞實的空間」。作者接著對人們自以為是的「偽善」進行批判，並由哲學家邊沁的效益主義出發，檢驗在動物園豢養下動物所承受的痛苦是否眞如我們想像的減少?但在納斯邦提出的「活出本性」的基本原則下，這些減輕痛苦的說詞，也許根本就是站不住腳的神話與幻想。所以在電影中，愛力獅、馬蹄一行人的追尋，到最後竟荒謬地安排動物們以馬戲團為歸宿，不僅是「失眞」的設定，更是令所有追求動物平權者感到瞠目結舌的結局!而本文的撰寫，與SDGs 12.8「確保人們具有永續發展的有關資訊與意識，以及跟大自然和諧共處的生活方式。」密切相關，在電影當中的情節，也涉及15.8「避免侵入型外來物種入侵陸地與水生態系統」與15.C「對抗保護物種的盜採、盜獵與走私」、「追求永續發展的謀生機會」有關。

另外，黃亭瑀的〈蛛生〉，則是由疫情期間的時空背景出發。因為待在家裡的時間增多，在某個偶然的契機中她發現一隻跳蛛，與他們一同棲居在同個生活場域之中。此時作者由過往人對蜘蛛極端厭惡的歷史出發，梳理其間集體無意識般厭惡心態生發的背景。但在丈夫的解釋下，作者逐漸拋卸過往的偏見與誤解後，反而與跳蛛「跳跳」培養出一段跨越物種的情誼。就廣義的視野觀之，透過本文的引導實則與SDGs 4「優質教育」項下之4.7「習得必要的知識與技能而可以促進永續發展」頗有關聯，她爲我們開啓了對「跳蛛」理解、認識的窗口。而對異類物種存在的包容與尊重，則又與「文化差異欣賞」頗爲近似，可謂爲欣賞差異、兼融並蓄精的具體展現。而透過本文的閱讀，亦可培養同學SDGs 12.8「跟大自然和諧共處的生活方式」。特別文中作者反覆提及柏拉圖《會飲篇》，並對於愛的本質進行深刻的探討，細心的讀者或可由之體察到作者對於「孕育」新生的渴望。然而就在作者從旁參與、觀察跳蛛繁衍後代的過程之後，作者卻意外地體悟到「生」之與「死」，之於她的深刻意義。

最後在新銳作家黃瀚堯〈溼地記得的事〉中，透過「記得」與「忘記」的對比書寫，指陳出我們已然失落、忘卻的，關於「溼地」的記憶。那是由泥灘的水鳥、野樹的黃鸝、海邊的燕鷗、河濱的侯鳥譜唱出的樂曲。也是在季節遞嬗變化間，在豐美的水草、蓊鬱的野樹，雪白的菅芒、紫黑色的苦楝，交織錯落而成的四季風景。而今取而代之的是焚燒垃圾、掏挖砂石，是度假村、是遊艇，以及借綠能發電之名而廣設的發電板。就在今昔對照的景象中，鋪寫出「沒口」之河難言的悲慟。所謂的「沒口現象」，指的是河口受到海邊沙場阻斷，直接滲入地下。而水，並非就此停滯，它或滲漏、蒸騰，或進入物的葉脈，由氣孔蒸融，成爲水氣。而在森林系養成背景的作者眼中，河畔生態的一切，都是河流的具體延伸。其在〈木麻黃〉文中說道：「我們因水而來，水則因木麻黃林，得以棲居，而木麻黃，其實也是河流歷史的延伸。樹林本身，就貯存著河畔的記憶。……」此時，站在河口的作者，兀自地望向遠方，那是一個思考的起點，也是追懷、探索的起點。閱讀至此，吾人何嘗不是順著作者探尋的腳步，啓領著我們對自身、對環境、對人與自然的關係，展開一場深刻的思辨與反思之旅！而本文與SDGs的關係甚爲密切，如3.9「減少危險化學物質、空氣污染、水污染、土壤污染以及其他污染」、6.3「改善水質，減少污染，消除垃圾傾倒，減少有毒物化學物質與危險材料的釋出」、12.4「以符合環保的方式妥善管理化學藥品與廢棄物，大幅減少他們釋放到空氣、水與土壤中，以減少他們對人類健康與環境的不利影響。」、14.1「減少各式各樣的海洋污染，尤其是來自陸上活動的污染，包括海洋廢棄物以及營養污染。」、15.1「保護、恢復及永續使用領地與內陸淡水生態系統與他們的服務，尤其是森林、沼澤、山脈與旱地。」、15.A「保護及永續使用生物多樣性與生態系統。」均有著直接的關係。

經過本單元選文的介紹可以發現，無論古今人們對於所居處環境關係的思考，是亙古常新的。一如前言所云，我們在致力於科技文明、經濟發展之前，皆必須思考在「環境」、「生態」的永續前提下，才有付諸實踐的行動可能。唯有將SDGs中的目標、理念，內化為人類諸般行動前的基本規準，當一切都像呼吸一樣自然且必然，「永續」之於我們就不再只是想像。身體力行、戮力實踐，才是改變我們所處的世界的唯一解答。

本單元所選課文與SDGs對應細目一覽表

	課文名稱	作者	SDGs對應細目
1	〈禿山〉	宋・王安石	12.2
2	〈閒情偶寄・種植部〉選	清・李漁	12.8
3	〈黑潮の親子舟〉	夏曼・藍波安	12.2、12.8、14.2、14.4
4	〈看見大翅鯨〉	廖鴻基	12.2、12.8、14.2、14.4、14.6、14.7

6	〈水岸灘頭油點草〉	凌拂	12.2、15.1、15.4、15.5
7	〈溼地記得的事〉〈序章——木麻黃〉	黃瀚堯	3.9、6.3、12.4、14.1、15.1、15.A
8	〈蛛生〉	黃亭瑀	4.7、12.8
9	阿里山詩路	白靈等	15.2、15.4、15.B
10	〈《馬達加斯加》系列電影裡的「現代方舟」形象〉	黃宗慧	12.8、15.8、15.C
11	〈我家門前有小河〉	朱天衣	15.1、15.5、15.A

禿山❶

王安石

吏役❷滄海上，瞻山一停舟。怪此禿誰使，鄉人語其由。

一狙❸山上鳴，一狙從之游。相匹乃生子，子眾孫還稠。

山中草木盛，根實始易求。攀挽上極高，屈曲亦窮幽❹。

❶〈禿山〉詩是北宋著名的文人和政治家王安石（一〇二一－一〇八六）所創作的五言古詩，同時也是一首寓言詩。此詩主要寫其在海上見到一座禿山，經由鄉人的說明，揭露山禿之因由。原來此山本也草木茂盛、物產豐饒，有猴群棲居於此，終日飽食無虞又自在徜徉山中，頗為愜意。然而，隨著猴群日漸繁衍眾多子孫、體態豐肥，消耗山中資源既多，又不知愛惜林木，更不懂採集收藏、耕耘播種以永續之道，故而此山再也承載不住猴群的無度求索，終於耗盡生機，兀然光禿於海上。猴群也因此坐困此山中，別無出路，且不知癥結所在，猶自不停繁衍，加速末日的來臨。王安石此詩雖無一定指向的諷刺對象，有許多想像詮釋的空間，但顯然可見的是，此詩借猴群隱喻人們對自然資源的過度消耗，突出人們只顧著滿足自己的欲望，卻看不清眼前處境與未來之禍患，致使問題日益嚴重的愚昧無知。禿，形容物體沒有毛、髮、草木、枝葉等；禿山即指不生草木，沒有植被覆蓋的山。

❷吏役，本指官府中的胥吏和差役，此句言官員為國家所行之差役，即因公出差之意。

❸狙，音ㄐㄩ，是獮猴屬動物的泛稱，牠們生活在樹上與地上，以果實、穀物、昆蟲及蔬菜為食。

❹這兩句敘述猴群既能攀登上山頂，也能尋遍曲徑，探至山林深幽之處，用以形容其恣意享受山中資源。

眾狙各豐肥，山乃盡侵牟❺。攘爭❻取一飽，豈暇議藏收？

大狙尚自苦，小狙亦已愁。稍稍受咋齧，一毛不得留❼。

狙雖巧過人，不善操鋤耰❽。所嗜在果穀，得之常以偷❾。

嗟此海山中，四顧無所投。生生未云已❿，歲晚將安謀？

❺侵牟：侵害掠奪。

❻攘：音ㄖㄤˇ，擾亂之意。

❼稍稍：漸漸。咋：音ㄗㄜˊ，囓、咬。此句指山中草木漸漸被猴群啃囓而絕跡，終至成為禿山。

❽鋤：鬆土、除草的農具。耰：音ㄧㄡ，乃用來平整田土或擊碎土塊的農具，可以覆土於種子之上。兩字合用即指耕耘播種等農事。

❾偷，本義指苟且、馬虎。此兩句指猴群嗜吃果實穀物，常常只顧眼前享受，未考慮貪吃過度，影響果樹作物的生長，以致日後山林光禿的後果。

❿云已：結束、休止之意。此句言猴群猶自生衍不息，愁苦於食物難尋的狀況下，似乎還未警覺滅絕的危機即將來臨及自身問題所在。以旁觀者點出猴群滅絕在即的境況，並以憂慮未來之設問作結，具有意在言外、令人警醒之效。

〈閒情偶寄・種植部〉選

李漁

種植部・木本第一・序

草木之種類極雜，而別其大較有三，木本、藤本、草本是也。木本堅而難痿，其歲較長者，根深故也。藤本之為根略淺，故弱而待扶，其歲猶以年紀。草本之根愈淺，故經霜輒壞，為壽止能及歲。是根也者，萬物短長之數也，欲豐其得，先固其根，吾於老農老圃之事，而得養生處世之方焉。人能慮後計長，事事求為木本，則見雨露不喜，而睹霜雪不驚；其為身也，挺然獨立，至於斧斤之來，則天數也，豈靈椿古柏之所能避哉？如其植德❶不力，而務為苟延，則是藤本其身，止可因人成事，人立而我立，人仆而我亦仆矣。至於木槿其生，不為明日計者，彼且不知根為何物，遑計入土之淺深，藏荄❷之厚薄哉？是即草木之流亞也。噫，世豈乏草木之行，而反木其天年，藤其後裔者哉？此造物偶然之失，非天地處人待物之常也。

梅

花之最先者梅，果之最先者櫻桃。若以次序定尊卑，則梅當王於花，櫻桃王於果，猶瓜之最先者曰王

❶ 植德：培養德行。
❷ 荄：ㄍㄞ，草根。

瓜，於義理未嘗不合，奈何別置品題，使後來居上。首出者不得爲聖人，則辟草昧致文明者，誰之力歟？雖然，以梅冠群芳，料輿情❸必協；但以櫻桃冠群果，吾恐主持公道者，又不免爲荔枝號屈矣。姑仍舊貫，以免牴牾❹。種梅之法，亦備群書，無庸置吻，但言領略之法而已。花時苦寒，即有妻梅之心❺，當籌寢處❻之法。否則衾枕❼不備，露宿爲難，乘興而來者，無不盡興而返，即求爲驢背浩然❽，不數得也。觀梅之具有二：山遊者必帶帳房，實三面而虛其前，制同湯網❾，其中多設爐炭，既可致溫，復備暖酒之用。此一法也。園居者設紙屏數扇，覆以平頂，四面設窗，盡可開閉，隨花所在，撐而就之。此屏不止觀梅，是花皆然，可備終歲之用。立一小匾，名曰「就花居」。花間豎一旗幟，不論何花，概以總名曰「縮地花」。此一法也。若家居種植者，近在身畔，遠亦不出眼前，是花能就人，無俟人爲蜂蝶矣。然而愛梅之人，缺陷有二：凡到梅開之時，人之好惡不齊，天之功過亦不等，風送香來，香來而寒亦至，令人開戶不得，閉戶不得，是可愛者風，而可憎者亦風也。雪助花妍，雪凍而花亦凍，令人去之不可，留之不可，是有功者雪，有

❸輿情：群眾的意見和態度。

❹牴牾：ㄉㄧˇ ㄨˇ，矛盾、衝突。

❺妻梅：宋人林逋隱居西湖，種梅養鶴，終身不娶，人稱「梅妻鶴子」。

❻寢處：ㄑㄧㄣˇ ㄔㄨˇ，坐臥。

❼衾枕：ㄑㄧㄣ ㄓㄣˇ，被子與枕頭，此指寢具。

❽驢背浩然：有一次王維在郢州某亭避風雪時，看到瘦弱的孟浩然騎在一頭瘦弱、跛腳的驢子背上，搖頭晃腦地吟著詩句而來。王維看到了老友落魄的樣子，情不自禁地畫下了孟浩然雪中騎驢的圖像。「驢背詩思」，自此成為古代詩人鮮明的代表形象。

❾湯網：《史記．殷本紀》記載，商湯施仁政，命令捕鳥人網開三面，只留下一面用以捕獲捉獵物。

過者亦雪也。其有功無過，可愛而不可憎者惟日，既可養花，又堪曝背，是誠天之循吏[10]也。使止有日而無風雪，則無時無日不在花間，布帳紙屏皆可不設，豈非梅花之至幸，而生人之極樂也哉！然而爲之天者，則甚難矣。

蘭

「蘭生幽谷，無人自芳」[11]，是已。然使幽谷無人，蘭之芳也，誰得而知之？誰得而傳之？其爲蘭也，亦與蕭艾同腐而已矣。「如入芝蘭之室，久而不聞其香」[12]，是已。然既不聞其香，與無蘭之室何異？雖有雖無，非蘭之所以自處，亦非人之所以處蘭也。吾謂芝蘭之性，畢竟喜人相俱，畢竟以人聞香氣爲樂。文人之言，只顧贊揚其美，而不顧其性之所安，強半皆苦是也。然相俱貴乎有情，有情務在得法；有情而得法，則坐芝蘭之室，久而愈聞其香。蘭生幽谷與處曲房，其幸不幸相去遠矣。蘭之初著花時，自應易其座位，外者內之，遠者近之，卑者尊之；非前倨而後恭[13]，人之重蘭非重蘭也，重其花也，葉則花之輿從而已矣。居處一室，則當美其供設，書畫爐瓶，種種器玩，皆宜森列其旁。但勿焚香，香薰即謝，匪妒也，此花性類神仙，怕親煙火，非忌香也，忌煙火耳。若是，則位置提防之道得矣。然皆情也，非法也，法則專爲聞香。

[10] 循吏：善良守法的官吏。

[11] 蘭生幽谷，無人自芳：語出《淮南子．說山訓》，意為：蘭花生長在幽深的山谷，照樣芳香四溢。後用以比喻美女或有才德的人雖生活在偏僻的地方，照樣出色不凡。

[12] 如入芝蘭之室，久而不聞其香：語出《孔子家語．六本》，意為：和品行優良的人交往，就好像進入了擺滿芳香的蘭花的房間，久而久之聞不到蘭花的香味了，這是因為自己和香味融為一體了。後多用以說明環境對人的重要影響。

[13] 前倨後恭：形容先前傲慢無禮，後來又謙卑恭敬，態度轉變迅速的意思。

「如入芝蘭之室，久而不聞其香」者，以其知入而不知出也，出而再入，則後來之香，倍乎前矣。故有蘭之室不應久坐，另設無蘭者一間，以作退步，時退時進，進多退少，則刻刻有香，雖坐無蘭之室，若依倩女之魂[14]。是法也，而情在其中。如此有此室，則以門外作退步，或往行他事，事畢而入，以無意得之者，其香更甚。此予消受蘭香之訣，秘之終身，而洩於一旦，殊可惜也。

此法不止消受蘭香，凡屬有花房舍，皆應若是。即焚香之室亦然，久坐其間，與未嘗焚香者等也。門人布簾，必不可少，護持香氣，全賴乎此。若止靠門扇開閉，則門開盡洩，無復一線之留矣。

竹

俗云：「早間種樹，晚上乘涼。」喻詞也。予於樹木中求一物以實之，其惟竹乎！種樹欲其成蔭，非十年不可，最易活者莫如楊柳，求其蔭可蔽日，亦須數年。惟竹不然，移入庭中，即成高樹，能令俗人之舍，不轉盼[15]而成高士之廬。神哉此君，眞醫國手也！種竹之方，舊傳有訣云：「種竹無時，雨過便移，多留宿土，記取南枝。」予悉試之，乃不可盡信之書也。三者之內，惟一可遵，「多留宿土」是也。移樹最忌傷根，土多則根之盤曲如故，是移地而未嘗移土，猶遷人者並其臥榻而遷之，其人醒後尚不自知其遷也。若俟雨過方移，則沾泥帶水，有幾許未便。泥濕則鬆，水沾則濡，我欲留土，其如土濕而蘇，隨鋤隨散之，不可留何？且雨過必晴，新移之竹，曬則葉捲，一捲即非活兆矣。予易其詞曰：「未雨先移。」天甫[16]陰而雨

---

[14] 倩女之魂：典出唐．陳玄祐〈離魂記〉，是文講述清河女子張倩娘因父親悔婚，抑鬱成病，後魂離身軀，隨太原王宙私奔而去，待五年後靈、體合一的故事。

[15] 轉盼：一轉眼。比喻極短的時間。

[16] 甫：剛，才。

猶未下，乘此急移，則宿土未濕，又復帶潮，有如膠似漆之勢，我欲多留，而土能隨我，先據一籌之勝矣。且栽移甫定而雨至，是雨為我下，坐而受之，枝葉根本，無一不沾滋潤之利。最忌者日，而日不至；最喜者雨，而雨即來；去所忌而投以喜，未有不欣欣向榮者。此法不止種竹，是花是木皆然。至於「記取南枝」一語，尤難遵奉。移竹移花，不易其向，向南者仍使向南，自是草木之幸。然移草木就人，當隨人便，不能盡隨草木之便。無論是花是竹，皆有正面，有反面，正面向人，反面向空隙，理也。使記南枝而與人相左，猶娶新婦進門，而聽其終年背立，有是理乎？故此語只當不說，切勿泥之。總之，移花種竹只有四字當記：「宜陰忌日」是也。瑣瑣繁言，徒滋疑擾。

菊

菊花者，秋季之牡丹、芍藥也。種類之繁衍同，花色之全備同，而性能持久復過之。從來種植之花，是花皆略，而敘牡丹、芍藥與菊者獨詳。人皆謂三種奇葩⑰，可以齊觀等視，而予獨判為兩截，謂有天工、人力之分。何也？牡丹、芍藥之美，全仗天工，非由人力。植此二花者，不過冬溉以肥，夏澆以濕，如是焉止矣。其開也，爛漫芬芳，未嘗以人力不勤，略減其姿而稍儉其色。菊花之美，則全仗人力，微假天工。藝菊之家，當其未入土也，則有治地釀土之勞；既入土也，則有插標記種之事。是萌芽未發之先，已費人力幾許矣。迨分秧植定之後，勞瘁⑱萬端，復從此始。防燥也，慮濕也，摘頭也，掐葉也，芟⑲蕊也，接枝也，捕蟲掘蚓以防害也，此皆花事未成之日，竭盡人力以俟天工者也。即花之既開，亦有防雨避霜之患，縛枝繫蕊之

⑰葩：ㄆㄚ，即花。

⑱瘁：勞累過度。

⑲芟：ㄕㄢ，除草。

勤，置盞引水之煩，染色變容之苦，又皆以人力之有餘，補天工之不足者也。爲此一花，自春徂⑳秋，自朝迄暮，總無一刻之暇。必如是，其爲花也，始能豐麗而美觀，否則同於婆娑㉑野菊，僅堪點綴疏籬而已。若是，則菊花之美，非天美之，人美之也。人美之而歸功於天，使與不費辛勤之牡丹、芍藥齊觀等視，不幾恩怨不分，而公私少辨乎？吾知斂翠㉒凝紅而爲沙中偶語㉓者，必花神也。

自有菊以來，高人逸士無不盡吻揄揚㉔，而予獨反其說者，非與淵明作敵國。藝菊之人終歲勤動，而不以勝天之力予之，是但知花好，而昧所從來。飲水忘源，並置汲者於不問，其心安乎？從前題詠諸公，皆若是也。予創是說，爲秋花報本，乃深於愛菊，非薄之也。予嘗觀老圃之種菊，而慨然於修士㉕之立身與儒者之治業。使能以種菊之無逸者礪其身心，則焉往而不爲聖賢？使能以種菊之有恆者攻吾舉業，則何慮其不掇青紫㉖？乃士人愛身愛名之心，終不能如老圃之愛菊，奈何！

水仙

水仙一花，予之命也。予有四命，各司一時：春以水仙、蘭花爲命，夏以蓮爲命，秋以秋海棠爲命，

⑳徂：ㄘㄨˊ，到、往。
㉑婆娑：茂盛的樣子。
㉒斂翠：凝聚秀色。
㉓沙中偶語：軒輊諸花之好壞。
㉔揄揚：稱揚、讚譽。
㉕修士：操行純潔之士。
㉖青紫：青、紫，漢時公卿所佩的綬帶，有青綬、紫綬，通常被借指官位。掇青紫，指考取功名、位列公卿。

冬以蠟梅爲命。無此四花，是無命也；一季缺予一花，是奪予一季之命也。水仙以秣陵[27]爲最，予之家於秣陵，非家秣陵，家於水仙之鄉也。記丙午[28]之春，先以度歲無資，衣囊質[29]盡，迨水仙開時，則爲強弩之末，索一錢不得矣。欲購無資，家人曰：「請已之。一年不看此花，亦非怪事。」予曰：「汝欲奪吾命乎？寧短一歲之壽，勿減一歲之花。且予自他鄉冒雪而歸，就水仙也，不看水仙，是何異於不返金陵，仍在他鄉卒歲乎？」家人不能止，聽予質簪珥[30]購之。予之。予之鍾愛此花，非痂癖[31]也。其色其香，其莖其葉，無一不異群葩，而予更取其善媚。婦人中之面似桃，腰似柳，豐如牡丹、芍藥，而瘦比秋菊、海棠者，在在有之；若如水仙之淡而多姿，不動不搖，而能作態者，吾實未之見也。以「水仙」二字呼之，可謂摹寫殆盡。使吾得見命名者，必頹然下拜。

不特金陵水仙爲天下第一，其植此花而售於人者，亦能司造物之權，欲其早則早，命之遲則遲，購者欲於某日開，則某日必開，未嘗先後一日。及此花將謝，又以遲者繼之，蓋以下種之先後爲先後也。至買就之時，給盆與石而使之種，又能隨手布置，即成畫圖，皆風雅文人所不及也。豈此等未技，亦由天授，非人力邪？

[27] 秣陵：ㄇㄛˋ，古縣名，即今江蘇南京。

[28] 丙午：康熙五年，西元一六六六年。

[29] 質：抵押。

[30] 簪珥：ㄗㄢ ㄦˇ，髮簪與耳飾，皆婦女首飾。

[31] 痂癖：形容人的嗜好奇特。

芙蕖

芙蕖㉜與草本諸花，似覺稍異；然有根無樹，一歲一生，其性同也。譜㉝云：「產於水者曰草芙蓉，產於陸者曰旱蓮。」則謂非草木不得矣。予夏季倚此爲命者，非故效顰於茂叔㉞，而襲成說於前人也。以芙蕖之可人，其事不一而足，請備述之。羣葩當令時，只在花開之數日，前此後此，皆屬過而不問之秋矣。芙蕖則不然：自荷錢㉟出水之日，便爲點綴綠波。及其莖葉既生，則又日高一日，日上日妍。有風既作飄颻㊱之態，無風亦呈嫋娜㊲之姿，是我於花之未開，先享無窮逸致矣。迨至菡萏㊳成花，嬌姿欲滴，後先相繼，自夏徂秋，此則在花爲分內之事，在人爲應得之資者也。及花之既謝，亦可告無罪於主人矣，乃復蒂下生蓬，蓬中結實，亭亭獨立，猶似未開之花，與翠葉並擎㊴，不至白露爲霜，而能事不已㊵。此皆言其可目者也。可鼻，則有荷葉之清香，荷花之異馥，避暑而暑爲之退，納涼而涼逐之生。至其可人之口者，則蓮實與藕，皆並列盤餐，而互芬齒頰者也。只有霜中敗葉，零落難堪，似成棄物矣，乃摘而藏之，又備經年裹物之用。是芙蕖

㉜芙蕖：ㄈㄨˊ ㄑㄩˊ，即荷花。

㉝譜：或指明人王象晉《群芳譜》一類之「花譜」著作。

㉞茂叔：即〈愛蓮說〉之作者周敦頤（一〇一七—一〇七三）。

㉟荷錢：指初生的小荷葉。因其形如錢，故名。

㊱飄颻：ㄆㄧㄠ ㄧㄠˊ，隨風飄動。

㊲嫋娜：ㄋㄧㄠˇ ㄋㄨㄛˊ，柔美修長的樣子。

㊳菡萏：ㄏㄢˋ ㄉㄢˋ，亦荷花之別名。

㊴擎：高舉。

㊵能事：擅長的本領。不已：不止。

也者，無一時一刻，不適耳目之觀；無一物一絲，不備家常之用者也。有五穀之實而不有其名，兼百花之長而各去其短，種植之利有大於此者乎？予四命之中，此命爲最。無如酷好一生，竟不得半畝方塘㊶，爲安身立命之地。僅鑿斗大一池，植數莖以塞責，又時病其漏，望天乞水以救之。殆所謂不善養生，而草菅其命者哉。

㊶ 半畝方塘：朱熹〈觀書有感〉有「半畝方塘一鑒開，天光雲影共徘徊」句。

黑潮の親子舟

夏曼・藍波安

一九九〇年十月某日

夜，輕輕的把雅美人的島嶼鋪上了數層黑色的紗簾，天空的烏雲滴下了細細的雨絲，隨著秋風的吹拂斜斜的，不規律的落下。

雅瑪、依那（乃雅美語的父親、母親）國宅裡，因常年累月的使用柴薪炊火，潔白的牆成了黑色，就連唯一的日光燈管亦變了黑的。雅瑪輕輕的向內移開破舊的門。「唉！外面下著雨……」把背慢慢地靠在和他膚色同程度黑的牆，深深的吸了一口菸。眼神、臉部的表情看不出是喜還是憂，此對上了年紀的雅美人而言，似乎都有如斯相同的「日出而作，日落而息」的宿命氣質。雖說如此，但他們是何等的堅強，不曾爲寒苦的生活向人低頭，就是生重病，命即將結束的那前些天也必須要勞動。肯定的是，父親勞動時光絕對還有好幾年。他喜悅的是，他終於等到我和他共同造舟，教育我如何選擇材質、如何祝福山林的神祇……等。雅瑪眞的是在期待我學習傳統的或是古老的生存技藝。父親常言：「你拋棄族人的傳統工作是我這個父親一生最深、最大的恥辱。」他吐出一大口的煙霧，小聲地哼他自創的詩。

他憂慮的自問，不知道孫子的父親願不願意和我上山砍柴造舟？況且孫子們急需用錢買奶粉吃，他們需要錢？他們需要造舟？感傷的又哼了他的歌：

年少自傲的像我
頂著灼熱的烈光
往返大、小蘭嶼……

「又不是只有你一個雅美人頂過烈日的陽光，幹嘛唱那麼驕傲的歌……」依那聽不順耳那麼美的歌詞而諷刺的說。外頭烏雲滿天，看不見月光。父親背著牆，雙掌在日光燈下攤開，數了一數日子，認為今天是吉利的夜晚，可以和孫子的父親談談造舟的事情，雅瑪這樣的思想。

機車的噪音破壞了村子寧靜的夜晚，於是早早的把引擎熄掉。我好那吃懶動的狗❶，今日的夜晚牠勤快的頂著雨絲在外頭等我捉魚回來，而牠的叫聲把父親引出屋外淋雨。「孫子的父親，今晚以後別再單獨一人潛水打魚，現在的魔鬼比我那個時代壞上千倍。」

「雅瑪，我每次潛水以前都會在岸上留兩根的長菸，求我們魔鬼的親戚保佑我的。」我和藹的回答父親的話。

「自從漢人來了之後，有很多的數不清的，還有日本的惡靈都住我們的島嶼，眞正會拿人命的是那些外來的惡靈，所以潛水在晚上不得不小心呀，孫子的父親。」依那重申說。

都是魔鬼，動不動就說魔鬼，我心中裡沒有魔鬼，這下子也被說的有些害怕了。心裡頭頂是不高興的。「哇！好多的魚！」我那微胖的女人很興奮的說。當然我的父母親嘴裡說著魔鬼，但吃在胃裡的新鮮是讓他們欣慰無限的。

❶應是「我那好吃懶動的狗」。

夜半，夜依舊飄著雨絲，秋風的夜與雨是最令我喜愛，瞪著路燈照射所及的範圍，雨眞是美極了。手中捧著大碗的新鮮魚湯，細心的品嘗自己勞動的成果，看著孩子們在床上橫七斜八的沉睡，想想，我還眞有點像父親的樣子。不一會兒，父親雙唇銜著一根菸走到屋外的涼台上，說道：「我等了十多年了，你願和我共同造舟嗎？飛魚季節就要來臨了，沒有船的家庭，等於沒有男人的家。」

「你還有勞動的體力上山伐木嗎？」我試探的問。

在黑夜裡似乎看到了父親的笑容，好像在嘲笑我說錯話。秋風帶來的夜風是帶著少許的寒氣，七十四歲了，在這樣的夜晚仍光著上身，眞的很不錯的父親。

「既然敢跟你說要造舟，我就有把握爬山、砍伐樹木；反之，我是怕你不跟我學習造舟的技巧。」父親說著。

的確，把一棵樹削成三、四公分寬的木塊不是一件易事。況且木塊還是有曲線的，而要在山上完成木塊的雛型，除了技巧外，更重要的是胳膊是否有力道。至於我，是否比父親有力，誠如他所言的：「外表看來，你是比我結實有力，但在我像你這樣的年紀，你是差得遠呢，孩子。再說，砍樹不全是靠力道，而是依賴用斧的技巧……」

「如果你還有體力的話，我們就合造一條船罷。」我說。

「不是我有沒有體力的問題，而是沒有船的男人能算雅美的男人？」接著又說。

「眼看你就要變成台灣人了，別人若說我的兒子是被漢化的雅美人的話，我是生不如死的。」

雅瑪是很傳統的人，也是很有個性的，他拒絕食用沙拉油炒過的任何一樣菜，他的上乘食物即是新鮮魚。其實，我回到家鄉定居最渴望的一件事便是和父親造船，如今他反而先提議，我心裡頭卻是有說不出的喜悅。

「夜已經很深了，你打魚也累了，許許多多的事待我們上山的時候，再慢慢教導你。」

父親進屋之後，依那問起父親說：「孫子的爸爸在台灣十多年，他行嗎？」

「不行也得行啊，他又不是漢人，用錢向別人買魚是最沒有用的男人……。」

「沒錯，不過孫子的父親會有那個體力，存有那顆心學習造舟嗎？」沒有噪音的夜晚，依那的話再怎麼小聲，我依然聽得一清二楚。確實，有很多青年族人在台灣流浪多年後，在回鄉省親的三、四天裡，長輩們在他身上聞到的盡是胭脂粉味、古龍水以及濃濃的酒氣味，而沒有一滴海水的魚腥味。母親如此質疑我的能力，不是因爲我染上以上的惡習，而是我在她眼中是漢人的體能非雅美人的肌肉，遠離樹木的、沒有土壤味的人。依那的這幾句話，證明了自己在他們的心中是沒有傳統勞動地位的新人類。

十一月初某日

造舟是我雅美人最重要的技藝、生存工具以及被族人肯定爲眞正是男人的工作。除了造舟外，你的工是否精細、船快不快……等等，無一不是在證實你的能力，而這個能力的長久累積便是你的社會地位。

看！那條黑潮洶濤的海流，冬季和夏季的流速是不同的，近海和遠海差異更大；月圓、月缺、大潮、小潮亦都不盡相同。雅瑪和我站在雅美族祖先石男和竹女相遇的半山腰上遠望如曲河的黑潮時，向我簡述著。

「在你祖父少年的時候，我們依姆洛庫部落有二十幾條船在那兒釣魚，加上依拉岱部落的四十多條，共計快七十條的船。海流所經之處正是魚兒最豐富的地方，當天早上浪是平靜的；在夏天，由於潮流正要變的時刻，所以魚兒吃鉤特別勤，釣魚的族人也釣得特別高興。就在海正要退潮的時刻，颳起了強風，下了暴雨，十槳之外的距離是一片漆黑的，而海水的水向是往東南，也就是往菲律賓的方向。瞬間海浪衝天，水流湍急；在那時，沒有經驗的族人或沒有聽過長輩們講述應付強勁的海水的人，全被大海呑噬了；而有經驗者或經常和老人談天的人，便循著海流慢慢的划近岸邊；狂風和暴雨駭浪驟然消失後，沿著礁岸回航的兩個部落的人只剩十六條船，其中之一就是你的曾祖父的。其他的，只好祝福他們的靈魂了。所以，孫子的父親請牢記，年輕人划船千萬要學會觀察東西兩邊海平線雲層的變化，大潮、小潮的海流是和月亮有直接關係的。你雖然潛水射魚的能力不錯，但和划船往外海釣魚是截然不同的，沒有結實的胳膊，沒有厚厚的手掌繭是不能和海流搏鬥的。」在覓材的過程中父親如此講課給我。

「孫子的父親，這棵樹是Apnorwa，那棵是Isis，那棵是Pangohen……。這些都是造船的材料。這棵Apnorwa已經等你十多年了，是拼在船身兩邊中間的上等材質，這種材料是最慢腐爛的。這棵是Cyayi，就是今天我們要砍的船骨……。」

在父親剷除船骨周邊的蔓藤之前，他口中念念有詞，蹲在地上祈求道：

森林的山神啊
我已是祖父的老人
包括我的聲音和體味
祢們是熟悉的
孫子的父親也一道來祝福祢們
別讓我們手中的刀斧由銳變鈍
好使祢早早在海洋中
衝破洶濤駭浪逞英勇

嗶……的一聲，驚動了力・巴杜克山頂的灰面鷲、木葉蝶，牠們吱吱地叫著，父親是一眼也不看這些鳥，唯恐瞧見Tazkok（不吉利的鳥）。他一面削砍樹幹，同時又祈求道：

我等祢了十多年
砍除祢周身的木屑
留下祢最堅實的部分
那是充滿飛魚、方頭魚腥味的木塊的。

父親砍了三分之一後，把斧頭交給我，並令我念最後一句「充滿飛魚腥味的木塊」……我越說越起勁，不久這樹便順利的倒地了。父親又道：

祢是孫子的父親之主人
求祢在大海中庇佑我的兒子
滿載飛魚的榮耀歸於祢

「雅瑪，砍造舟的樹需要說那麼多的話嗎？」我說。

「樹是山的孩子，船是海的孫子。大自然的一切生物都有靈魂，你不祝福這些大自然的神祇，你就不是這個島上有生命的一分子……。有了這些儀式，大自然就不會淘汰我們的民族。」這跟淘汰有關係嗎？我如此質疑。

「夏曼，你在台灣莫名奇妙的生活了十六年，你是無法體會、無法相信我們這些老人爲何如此敬畏島上一切有生命的生物。你在台灣受教育，台灣的老師絕對不懂樹的靈魂是有被尊重的權利的，他們只教育我們島上族人生活不相干的知識。我的年歲已經很高了，在我有勞動的晚年裡，但願你不嫌棄父親口傳給你的一些事物，唯有經常勞動的人，思想才是清晰的……」

樹幹越削越薄，父親像是營養不良的人，肌肉都已萎縮了，但剩餘的肌肉緊貼在骨頭的盡是粗粗的血管，明顯的線條，這恐怕是健身院揑造的肌肉所不能相媲美的。我細心地帶著最崇高的尊敬，觀察父親一上一下地削掉木塊，絲毫沒有一點疲倦，在我內心的深處自然是自慚形穢啊。

「嗶……叭嗶……叭」的聲音在力．巴杜克山峰上是那麼的清脆，鳥兒的鳴聲宛如女兒無污染的笑聲令我心曠神怡。

「別在山裡東張西望，山中惡靈是很容易辨認出你是山中的新鮮人的，往後你在山裡工作不會順利的……。」

老人的思想裡爲何無時無刻不浮現鬼的影子呢？在工作順利的時候，會感激魔鬼的協助；不如意的時候，亦會以很嚴苛的、最毒的詞彙來詛咒惡靈。第一棵樹——船的龍骨，父親的神情是那樣的嚴肅。船是海的孫子，爲什麼呢？我想。七十五歲的老人了，究竟是什麼樣的神力驅策父親一定要造船呢？是年老的自傲抑或想讓我親身體會造船的困難與完成的驕傲呢？我一邊削木塊一邊這樣想。

「孩子，船的龍骨要前首尾稍高……你的第一條船快不快，你都要不停反覆思索船的曲線，不斷……」父親在一旁指導我。就這樣從第一棵樹砍到第十二棵樹，從雅瑪的口中學到了很多，並且發現到在島上生存的驕傲的表現正是和自己的勤勞成正比。在一個月半上山砍伐造舟的材料的同時，學會了敬畏山林，學會了祝福祖靈，學習疼山愛海的生命本質；更令我尊敬萬倍完全使用體力勞動換來生存智慧的老人；他們會向大自然山林、大海洋波濤低頭，但絕不會和自己有同等勞動力的族人低聲下氣。在同品質的土壤上，做出良性的隱性或顯性競爭；在同樣的海洋上競賽、傳授求生的意志。在此過程中，明瞭了族人似是和平的懦弱、似是強悍的理性之性格，完全是受了環境的影響。而生存（環境）條件的惡劣，最終教訓了雅美人謙卑的個性。

一九九〇年十二月下旬

太陽刺破了黑夜朦朧的皺紋，平靜的海平線上伸出來一顆紅色的頭顱，天終於翻白了。父親和我像是海洋的乖兒子，一同到海邊祈福我們的船。船英雄般的浮在海面，傲視一望無垠的海洋。我們蹲在潮間帶拍岸的上限，波波宣洩的小浪花，宛如海神眾孫子的微笑，在熱烈的迎接我們的船。

「孫子的父親，船身向左微傾，這現象是我們在左邊的木塊削的比較少。左重右輕，正是我要的船。因我倆都是右撇子，右手比較有力，划起來便成直線。」父親終於笑了起來的說。

我像是沒有儀隊、群眾迎接的孤獨英雄。坐在剛造完的船上，行試航的儀武。父親則在岸上欣賞船的速度、我的划船姿態。

兩個月之後，便是飛魚季的開始。村子裡的族人早已送走了台灣來的雅美的省親的青年。留下來的，則是殘存島上，無剩多少勞動歲月的老人，以及幾位不適合在台灣謀生的青年，包括我在內。

大船魚祭後的一個月半，即是最隆重、莊嚴的小船祭拜祈求飛魚的佳節。父親穿戴銀帽，我則在頭上套上金銀銅片之類族人視之爲最貴重的Ovay（金箔片，爲雅美人最重視的有形財產），跟在他後邊向海邊走。右手握個禮刀及一米半左右長的嫩竹，左手拿著用水煮過的楠仁樹嫩葉，裡頭包裹著象徵生生不息的新生小米穗三支。父親道：「在海上，船即是你的生命，所以第一支小米穗是祝福小船的靈魂；第二支是祝福、祈求黑色翅膀飛魚之神明；第三支是祝福自己和飛魚和船身在大海共存在的三個合而爲一的靈魂。你要求道：『我用最潔白的心，最鮮紅的牲血祝福祢們（飛魚）；我恪遵飛魚季期間所有的戒律，但願祢們像雨滴滴滿我的新船，讓我們彼此祝福。』」而後，把竹子切成三段，兩段約十公分長的插入繫槳的繩索；長的安放在船首的右側；最後，我站在船身裡，向著廣大無垠的海洋，脫掉銀帽，把帽口朝向海洋求道：「我用銀帽呼喊，祝福祢們——天神賜予的糧食；我永遠遵守祢們祖先傳下來的禁忌；我的心被所有的祝福填滿了，一如祢們填滿我的船身，一尾雜魚也無。」

翌日，便叮嚀家人向學校請個假。在清晨，天剛微明，村落裡凡有小船的又聚集在海邊，並且每個人都配妥了釣具，等待最年長的勇士——釣鬼頭刀魚的領航員。當所有出海的男人全數到齊，在長老的領導下，用釣具沾了海水後，便共同的呼喚飛魚的靈魂。接著便由最年長者首先切破海神的波浪，然後一船接著一船的各自追蹤鬼頭刀魚群集的海域。我是最年輕的船員，自然是最後出航的一個。這也是我最喜歡的，因我可欣賞一船一船破浪而行的雄姿。我可敬的族人，他們都是上了年紀的海上壯士，他們鬆弛的肌肉承載著求生的意志，承繼著千年來祖先求生的技能和文化；他們的神情是如此堅強，如此的穩重，究竟是什麼樣的神力在吸引我可敬的長輩們非得年復一年的恪守飛魚季的儀式呢？是習俗？是榮耀？是地位？是競爭？我不停的反覆思索。宣洩的浪花是海神眾孫子迎接的笑容，我迫不及待地追蹤長輩們的航道，最後一位是我。

「孩子，去吧！遵守禁忌會讓你我心安理得。」我的興奮帶著喜悅，我的喜悅帶著嚴肅，我的嚴肅盼望著有漁獲，漁獲帶給我、父親、家人至上的榮光。第一槳、第二槳……衝破浪的波峰，在波峰上以鷹眼般銳利的眼神梭巡鬼頭刀的鰭背。一百米、一公里、兩公里的距離，父親依然佇立在卵石上，雙掌頂在睫毛的上方，專注我們共造的船舟的行駛，也許是在虔誠的祝福我。越來越遠了，父親像是起了化學變化，由肉身成了黑色的肉點；但我在海上依舊可瞧見他的雙掌在眉間。最後，在波浪一高一低的律動中，父親的黑點，消失在旭日東升、陽光照射村落石砌路的那一刻。

在海上漂浮，我感到自己有點像雅美族的男人了。船隻載著意志堅強但肌肉鬆弛的老人不時擦船而行，並船行駛，他們從內心擠出的笑容在海上的感覺是那麼令我感動。「夏曼，小心波浪喔，熱烈迎接你加入祖先傳統的Mataw船隊。」這時，我真的脫去了在台北十年來虛情假意的襯衫，好像。陽光跳過了獨．色恩特山的山峰，一絲絲的光線灼痛了我似是結實的肌膚。

哇……鬼頭刀在我船旁衝破海面飛了起來，當牠衝入海裡濺起的浪花浸濕了我的衣裳。哇！那是我的大魚，我趕緊捉住我的魚線，展開了大魚和自己智慧和體能的戰爭。還眞不是假的，那尾眞大，爲了不在船隊裡漏氣，爲了表示我是雅美的男人，爲了表現自己的力氣，就是不給鬼頭刀魚喘息的機會，拚命的收起魚線。但是，魚畢竟是海裡的動物，力道不比我弱。花了十分鐘，我終於戰勝了大魚。就在把大魚弄到船身之時，好多的族人看到了我釣到鬼頭刀魚，而且是第二名，還有四、五十隻船沒有消息哩。老人們又以笑容誇讚我的好運氣。十來分鐘的較量使得自己早已汗流浹背，我脫掉襯衫，脫掉被漢化的虛僞的外衣，和我的族人們公平的接納陽光灼熱的紫外線，和浪濤的浸潤。嘿……我是雅美人，眞正的，絕不是被文明化的雅美青年。我用雙掌摸摸浮動的海流，念道：「你們認識我吧，海洋。」接著又和船的靈魂溝通道：「願我和祢永遠都是海神的兒子，在海上逞英雄。」

三公里、兩公里、一百公尺、十公尺……，越來越接近陸地，父親和迎接船隊的長老們早已在海邊談天。今天的日子，在他們盛年歲月時，早已被稱爲英雄。他們個個把雙掌頂在睫毛上方，猜測第一位回航的船員（Mataw，首日沒有釣到鬼頭刀魚的人是不能首位回航的），但願是帶給族人好的消息。船愈爲接近，長輩們縮小的肉軀愈爲明顯。當然，在回航途中，他們議論紛紛地在臆測究竟是何人。雅瑪在心裡想必早已知道是我，但其他的長老怎麼猜也猜不到是我這個新鮮人領頭回航?他們想，在這種情況下，對新鮮人而言，不是釣具纏線就是毫無耐心的。父親內心怦怦然跳動劇烈，惟恐帶來壞消息。

夏本（表示祖父輩）是孫子的父親，哇……。在我Mapaboz（船尾向陸地做靠岸的划姿）時，看到了父親的神情，他是如此的疑惑，其他的長老，紛紛挺直身子，左瞧右看船首是否有大魚的尾巴。潮水退得很大，礁石露出了水面，使我在划槳靠岸的時候，猶如蛇形。我假裝沒釣到大魚，表情故作失望樣，不咧嘴露牙歡笑，就是把喜悅埋在舌尖。四、五位長老抬頭伸頸的望望我的船身，此刻，父親的腳掌早已在水裡浮著船尾的Morong（裝置船飾的桅杆之頂部），他終於露出了六十多年來沾滿了檳榔汁的牙齒，而我……微笑是給長輩們最上乘的回禮，表現今年可能有漁獲。不錯，嗯！新鮮人不空船回航是最好的運氣！夏曼．藍波安沒有被漢化……，夏曼釣了一尾祝福泊船港的靈魂，眞感激他帶來好消息，謝謝他賜給我好運……。我在長老們的祝福中獲得了最神聖的祝福，並肯定我是雅美人的海上勇士。中午的時刻，當Mataw的船隊一船跟著一船回航靠岸時，所有的勇士也都有所斬獲。頂著正午的太陽，我不知道我祖父的靈魂在冥界是否也祝福我。雅瑪、依那、妻子、孩子們盡在我四周歡笑糾纏著我。我想，這就是不文明民族可敬的地方——用勞動累積的成果來累積自己的社會地位。明年、後年，甚至有幸苟延殘喘到八十歲，我還是要恪遵飛魚的禁忌，參與捕魚的行列。

看見大翅鯨

廖鴻基

去年十二月曾經到夏威夷茂伊島旅遊。到了島上的第二天，當我沿著海岸散步，我發現這個島上四處瀰漫著一股氣氛——像是在等待什麼年度慶典到來的氣氛——愉悅但是安靜的。

許多次，我聽到人們佇足海岸，他們談論類似這樣的話題——「應該就要回來了，應該就這幾天……」我看到不少人用望遠鏡在海面搜探，這也許沒什麼奇怪，可能是在看海鳥、看海景。但是，漸漸圍了幾個人，他們指著海面說：「那裡！那裡！剛剛好像看到有什麼匆匆劃過水面。」

街上更是了，幾乎沒有一家店沒有大翅鯨的圖樣。藝品店不說，超市、服飾店、餐廳……就連路邊一位擺攤的玻里尼西亞原住民雕刻者，他手上也正雕刻著大翅鯨著名扇狀的尾鰭。

不止如此，人行道兩邊的雨水下水道入口，每個人孔蓋旁都噴漆寫著——「關心大翅鯨的朋友，請別讓污水從這裡流入海洋。」

每年來到這裡海域休息及繁殖的大翅鯨家族們，多麼幸運，牠們已經登陸成爲夏威夷人的生活文化及觀光客的觀光文化之一——每年這時節，夏威夷島的人們等候著、期待著，準備迎接大翅鯨家族們回來他們的海域，像是歡心準備著迎接遠遊歸來的家人一般。氣氛是熱絡的、溫馨的。

這個大翅鯨家族，每年吸引不計其數來自世界各地的觀光客來到夏威夷，這個大翅鯨家族已經成爲夏威夷重要的觀光資源之一。

搭乘夏威夷太平洋基金會的賞鯨船出航，果然看見了剛從高緯度寒帶海域長途遷徙回來的一對大翅鯨母子。雖然我在台灣海域有過十六年的航行經驗，但這是第一次在海上看見活生生的大翅鯨。

基金會的隨船解說員爲我們介紹大翅鯨的生態史——牠們屬於鯨目下的鬚鯨亞目，最大身長十五公尺，體重可達三十公噸，外形最大特徵是那一對碩長的白色胸鰭。當牠們來到繁殖場，雄鯨們會開始展開一連串的求偶行爲，包括相互打鬥、翻跳水面及唱歌。牠們的歌聲尤其著名，經常可以連續唱二十幾個小時不止。牠們經常沿岸活動，是比較被人類了解及受歡迎的巨鯨之一。

悼台灣捕鯨

執行墾丁海域鯨類調查計畫之前，曾經閱讀了些台灣尾海域的海洋環境歷史資料……無限感慨！台灣是曾經有機會像夏威夷一樣——每年秋冬季節，我們可以在墾丁海濱殷切的守候——等著迎接屬於我們海域的大翅鯨家族回來台灣尾，回來和我們一起過聖誕節、一起過年。

想像一下，那是多麼溫馨熱鬧的場景和畫面，一年一度，我們都來到墾丁海濱，我們將熱絡的期待、等候及觀察從遠方回來屬於這座島嶼、屬於我們的海上朋友回來我們的海域。

台灣海域最近是曾經有過零星幾筆大翅鯨的海上目擊記錄。專家判斷應該是遷徙至菲律賓北方島嶼的大翅鯨家族們，季節性洄游時經過台灣東部海域。

至此，我們也許都想問一個問題——「那屬於我們海域的大翅鯨家族們都哪裡去了？」

《恆春鎮志》的卷四、第三篇、第六章，提到過我們曾經的大翅鯨家族。這一章的名稱叫「捕鯨」，是放在經濟志的漁業篇裡。

無論是恩賜、是福澤、或世俗的將牠們看作是資源或財富，從《恆春鎮志》裡的記載，我們看到，自一九一三至一九六七年的五十四年間，我們是竭盡所能耗盡了這項資源和財富，我們是不留餘地的耗盡了老天的恩賜及福澤。

這五十四年間，日據殖民時期佔了三十二年，光復後佔了二十二年。

這裡無意指責過去捕鯨事業的是非對錯，那個年代，鯨類還普遍被當作是漁獲物來看待。我感慨和懷疑的是，對於自然資源的採捕，我們爲何老是以趕盡殺絕來做最終的收束。

鎮志裡我覺得比較震撼的幾筆資料是，捕鯨範圍、捕鯨期以及大翅鯨的捕獲數量。

鎮志裡記錄著——「台灣尾恆春半島西側從車城往南，經墾丁貓鼻頭一泓弧灣繞鵝鑾鼻到台灣東側北上到滿州，沿岸七、八浬海域內，後來，擴大至離岸二十浬海域內，是主要的捕鯨範圍。」

這範圍涵蓋台灣尾所有的海域，這筆歷史資料告訴我們，大翅鯨家族曾經在我們台灣尾海域的生活範圍。

這個距離，沒問題，我們是曾經有機會可以站在墾丁岸緣，裸眼或透過望遠鏡看到牠們。鎮志裡也記錄著——「捕鯨期從十二月底到隔年四月，最主要的獵捕期是在新曆年與舊曆年中間。」

這是我們的大翅鯨家族曾經留在我們海域裡休息、歌唱及求偶的季節。

鎮志裡又記錄著——「捕獲數量自一九二〇至一九六七年間共捕殺七百六十五頭（資料不全，可能尚有遺漏的部份）。」

這是所有、所有曾經選擇台灣尾海域當作牠們休息場、繁殖場的大翅鯨家族們的遺跡。

事實證明，牠們的選擇或牠們的運氣都不是太好。

這些大翅鯨家族的遭遇，容許我用布袋戲裡形容戰況慘烈的戲詞來形容——「亡者亡，逃者逃」——或者，也可以用暴力血腥電影黑道殺手的習常用語來形容——「趕盡殺絕」。

沒有誇張！這是台灣大翅鯨家族們的下場。

「曾經」已然過去，我們到底還能怎麼憑弔或是想像？倘若當時的獵殺不要那麼慘烈……倘若當年我們手下留情……倘若當時我們懂得珍惜這大海的資產，這台灣尾海陸締結的因緣而留存幾隻牠們家族的後裔……也許，也許我們和這些劫後餘生的大翅鯨們，還有機會扭轉悲慘的過去，還有機會轉而共同譜寫我們往後比較愉悅的海洋歷史。

墾丁海域鯨類調查計畫期中報告時，墾丁國家公園李處長問我：「出海後是否對這個海域的大型鯨出沒狀況感到失望？」

我回答：「是！」

我們的調查範圍涵蓋這些大翅鯨家族們的主要活動範圍，當然，也正是這個家族們被屠殺殆盡的場所。計畫期間，我們沒看到任何一頭大翅鯨在這個海域出現。

每當我想到這段歷史，回頭看著船下幽藍的海水，我總會想像牠們中了鯨炮後痛苦掙扎的慘況——牠們在浪頭無奈翻騰的巨碩身軀、牠們垂死前從鼻孔、從傷口噴濺的殷紅血霧……

一則獵鯨記實

恆春鎮志裡有一段記述獵鯨的過程，節錄如下：

「發現鯨蹤後，駕駛員將捕鯨船航向發現鯨蹤的方位，並全速追逐之。可能得經過數小時的追逐……當鯨已力乏，潛航時間明顯變短，換氣頻率增多，浮出水面的時間變長，較容易獲得射擊良機。」

「捕鯨炮有效射程約一〇〇公尺，炮手慣於四〇至六〇公尺範圍內射擊……捕鯨船並非由正後方接近鯨，而是從側後方接近，其用意在於增加目標面積。瞄準點在背鰭與頭部之間，以期銛頭貫入心肺要害。」

「鯨被射中後，會以最大速度企圖脫逃，往往將銛索拖出數百公尺，甚至拖動船隻。此時船隻宜以半車速度前進，用船隻及繩索在水中所生之阻力消耗鯨的體力，俟其游勢減緩，再將鋸繩以絞車收回，最後，再補上一炮終結鯨的生命。」

老漁民的親身經歷

以下兩段是後壁湖一位六十多歲老漁民，描述他和這群大翅鯨家族接觸的兩次經驗——

「有一次我們漁船回航。將近鵝鑾鼻外，我們看到海面上一橐什麼？像座小山浮著。駛近一看，竟然是一尾死掉的「正海尪」（大翅鯨）。血水還汩汩流著染紅了大片海水，應該還很新鮮。於是我們用了大索（纜繩），忙了一陣，將這頭死去的海尪繫綁住拖在船尾。心裡正高興哪有這種事可能，海上撿到一尾大海尪……船尾拖了約莫一個多小時，就被那艘「海尪船」（捕鯨船）給追上了。「海尪船」船員探頭說這尾海尪是他們的，說是他們打完了這隻再去追獵其牠隻，所以暫時放置在海上……還說多謝我們幫他們拖回來……果然他們船邊還吊著另一隻，一模一樣的另一隻，翅仔白白長長那種……」

「年輕時和我兩位弟弟及三位船員同艘船抓魚，那天就在七星石（七星岩）邊遇見兩尾『正海尪』，一尾大，一尾小，因為我們船小，所以選小的下鏢。乖乖吶，一鏢就中了，四分索（粗纜）被拖得走干吶飛，大浮筒（大浮球）已經丟下去三顆，三顆竟然都被拉進去水底。船隻往出繩的方向奔走，我和兩位弟弟在船艄甲板看顧不斷被拉出的繩纜。」

「突然，船身一響震盪，是撞到了什麼。當時我探頭往船下看……哇！不看不知道怕……黑綾綾將近船身寬、兩倍船身長，是母海尪不甘心牠的寶寶被我們鏢殺，衝過來船下抵住船身。」

「牠迴過身又潛下船底，沒幾秒鐘又來了……這可一點不像是浪舉，一般一波浪舉過，船身就會順浪下滑……這一次不同。船艄被拱抬漸漸昇高，船頭整個被舉起來，被舉出水面，母海尪打橫把我們半艘船扛在牠的背上……牠再出點力的話。船隻就要被牠扛翻了……」

「這時，我那兩個弟弟嚇得蹲伏在甲板上，口裡抖顫顫喊著：『砍斷繩仔，不要了……趕緊……砍斷繩仔！』」

「想想也是。若有人這樣鏢殺我的孩子，我也會抓狂和他拼了。」

何日鯨再來？

那天收音機裡播出鄧麗君唱的「何日君再來」這首老歌。聽著、聽著，覺得有些哀傷。

我請教了鯨類專家這個問題：「有沒有可能，另外的大翅鯨家族再度選擇台灣尾海域當牠們家族的休息場和繁殖場？」

專家回答說：「是有可能，不過……」這「不過」一聲拖了數十秒鐘不止，專家繼續說：「如果，如果能夠改善台灣尾海域的海洋環境——海水夠乾淨而且不再那麼吵鬧——如果，如果在菲律賓北邊島嶼繁殖的大翅鯨家族們，若牠們家族繁衍到數量足夠時，我的意思是，牠們既有的繁殖場顯得擁擠的話，有可能，有可能牠們會分家——分出小家族去尋找理想的新繁殖場——台灣尾因為鄰近，所以，有可能再度被大翅鯨們選上……不過……」

「不過……」

我明白了，我們是還有機會，不過機會渺茫——專家說的兩個如果都有現實的困難和實現的漫長過程，並且，都不會是數十年短時間內可能發生的事。

這麼說好了，應該我們這輩子是無緣站在墾丁岸緣迎接屬於台灣尾的大翅鯨回來，我們這輩子將無緣在台灣尾海濱聽見大翅鯨的歌聲，我們這輩子將無緣看見牠們在台灣尾海域求偶激昂起的壯觀水花……

我們這一代是無緣來彌補這一段，曾經發生在台灣尾海域悽愴的海洋史。

水岸灘頭油點草

凌拂

台灣油點草很美。它喜歡長在陰濕的水域，雖然我也曾在濃蔭狹路的窄徑旁與之相遇，然後欣然蹲下來細細摩挲它油油的翠葉。然而，採擷它，我總在山上水渠沖流的濕道，彎身涉水，水珠濺上花葉，沾濕的裙上招惹了野草種實，水息清芬，整個植物的著床、萌芽、散佈與誕生完全是連在一起的。我斷定台灣油點草喜歡水域更甚於林木庇蔭的場所，因爲它有自已特別的水息。採回來的台灣油點草，隨意瓶插案頭，葉節部位會在水裡生出細細的白根，細細的白色鬚根，譬如一種確認，水息裡的適意有另一種不同的清芬。

我有時想，山上的水域不夠沈雄浩闊，如果沈雄浩闊足以行舟，那麼我繫繩纜的岸邊，必然就是台灣油點草的灘頭。台灣油點草紫花駝紅，韌葉油碧，綠草淹漫的荒野，它們的形態和顏色有著位份明確的存在與確定。

本草綱目上把台灣油點草列爲野蔬。葉片可以生吃，可以涼拌，可以炒食。我把葉片拈開嗅嗅，果真還有小黃瓜的清涼水意。後來我當真落火炒食，粗質脆韌，倒無端想起水滸人物。台灣油點草荒野性格，其實又自有內裡行藏，草味是草味，但未必粗蠻生

野。於我而言，鵲豆反而像藥，台灣油草清涼如蕉葉，是個可以消磨的山中野蔬。

如果確實說，台灣油點草應似日本料理店師傅以醋漬過的野菜，其味蓄酸。野地裡食草，新葉韌翠，經絡微酸，多一點醋質，之於舌蕾，或許可以驚醒味覺。

春天採葉，三、四月正是新嫩的時候。

夏天觀花。

晚秋呢？

晚秋之際瘦果結果成，狹細而長。瘦果有三條縱稜，線條異常纖秀。瘦果成熟後，我自其間抖散出許多細小的種籽，種籽深褐如沙，其中可蘊含了根花莖葉的種種宿因，洒出去，低陷的濕澤泥沼地將又會有一段傳奇。紫紅、釉綠，來年我斷定必會再去看看它們，重新步過那些荒蔓的野地，其間有日影光照分切，季節裡不斷更迭的原野，而後我轉入清芬的水域，在陌生又熟悉的欣悅中，重新回到水域文明，兩河流域的源頭，肥腴月彎是我最初的聖地。

眾家植物，只要細細去看，可以度過許多個愉快的日午黃昏。台灣油點草之所以以此名之，是因葉面上有許多油漬的痕跡，葉面上的斑斑點點，或圓或方或大或小或濃或淡，漬痕猶如胎記，烙了印的特徵，點點都值得細細體認，拭也拭不掉的痕跡，不知是那世因由，那世果，點點都是故實，只不知如何編排。

台灣油點草

百合科，油點草屬。別稱竹葉草。

多年生草本，葉長橢圓形，基部鞘狀，全緣，葉面油綠光滑，但有墨色斑點，背面有細毛。花序繖房狀，花色紫紅，間有濃紫色斑痕。蒴果三稜，中有多數細小種子。

散生荒野、路旁，性喜林蔭或濕地，秋冬漸出，春天花開。嫩莖葉微具酸味，炒食或加薑絲川燙涼拌，並可治喉痛、扁桃腺發炎等。

〈溼地記得的事〉、〈序章——木麻黃〉

黃瀚嶢

溼地記得的事

已經忘記了泥灘上，水鳥足印的形狀
忘記春天草原上的苦楝花
我們在偏僻的曠野焚燒垃圾

也忘記了，野樹梢黃鸝的呢喃
忘記夏日燕鷗築巢的海灘
我們在無人的溪床掏挖砂石

當然也忘記，被芒花刷白的溪
忘記毛蟹上溯的秋季
我們在地圖上圈起一個陌生的區域

決定擺上度假村與遊艇

終於也忘了
候鳥在東北季風中流成鳴唱的河
因爲面積可以概算綠能
於是我們把，那個水草豐美的宇宙
置換爲數年分的空調與照明

這些都是溼地記得的事

序章——木麻黃

那個早晨，我們在土地廟前集合。大家都穿著雨鞋，有夥伴還帶著草刀領路——往海的方向，朝著竹林似的象草叢深處一直走去——在那片神祕的海岸林中，有一個湖。

據說這水域是二〇一八年發現的，水源可能來自於卑南溪。很奇怪，卑南溪的水在某處跨過了南邊的利嘉溪，引入農田與魚塭後再排出，抵達利嘉溪南岸，流進這片木麻黃森林中。隨著水量變化，有時溢出沙灘，成爲另一個河口，有時則蓄積在林間，吞吐不定。

一九四九之後好幾十年，近海地區都因戰爭而形同禁地，日治時爲了抵禦風沙，自澳洲引進的木麻黃造林地，也因而成爲神祕鬼魅的區域。大概土地廟的存在，多少源自這個背景。海岸林中有什麼，往往以傳說的形式留存，例如，據說幾十年前，附近海邊也曾有一座湖。當地人叫「夢幻湖」。

海邊有湖，很難說純粹來自農漁業的灌排。原本東海岸沖積平原的地下水位就高，只要是低窪處，就容易產生湧泉。人工挖掘可以成為井，或者池塘；而有些地方，因河流在歷史中曾經路過，淘挖出河床地形，以至於後來任何漫流的水，都容易匯聚過來，像是重現了河流的記憶。

而溼地要能維持，也有幾個力量影響著，主要還是人——如果林管處沒有維護這片海岸林，水域很容易被季風與海浪的堆沙作用給填平，但這片積水如果損害了保安林，也有可能會促使管理單位主動以機具疏導，成為帶狀排水溝，如此湖的形式也就不會存在。

然而在政府沒有介入的狀況下，居民也可能發現這水體的價值，例如放牧，養鴨，或其他目的，那麼這片林中水域，也可能經由在地社群的力量而得到維護。

我們這次踏查，也就是為了這個。荒野保護協會的夥伴發現，這片林間沼澤，是鷺鷥群聚繁殖的地點，群眾數量可多達上百隻，而且二〇二二年初，還發現了三隻度冬的黑面琵鷺，混在鷺鷥群中夜棲。利嘉溪口雖然開發嚴重，依然是很好的賞鳥點，有時眾人會眼睜睜看著，某隻稀有鳥種在受到驚擾後，直直飛進海岸旁那片樹林，消失蹤影。

探勘的一開始，我們就發現有別人開過路了，超過三公尺的象草叢明顯被拓出一條路跡，深入一段，才發現兩頭年輕的黃牛，悠閒橫臥路中。牧牛人的微小開發，有利於我們的勘查，可惜只開墾到牛的位置，再往前走，就要自己砍草了。一開始黃牛還興味盎然地跟在我們後面，等我們跨過隱藏草中的水流後，黃牛就不再跟來。耕作旱地的黃牛需要水與草地，但牠們不泡水。

一路砍草，仍然前進不易，要用整副身體去壓開草叢，沒穿袖套的手上逐漸出現葉片的割痕，腳下愈來愈泥濘，最後終於整隻腳泡進水裡。象草雖高，卻不遮蔭，日頭炎炎，我期待著有幾棵遮蔭的樹，但混在草中的只有長得像木瓜樹的蓖麻，偶爾出現幾棵不怕水的黃槿，都在草澤邊緣，苦楝、血桐或欖仁，能遮蔭的樹木，遠遠的都在更外圍的地方。

倒是水中，非洲來的細葉水丁香與美洲來的祕魯水丁香，原本部是稻田裡的小草，這裡居然長得比人高大，成爲花嘴鴨或澤鳧可以躲藏的灌木叢了。

我突然想起，這地方以前應該既沒有樹林，也沒有象草。

在沒有河堤的時代，利嘉溪巨幅擺盪，到處是礫灘的洪荒。附近的兩個卑南族姊弟部落射馬干（建和部落）與卡大地布（知本部落）族人，會來此開墾，進行小規模旱作。我並不確定他們對此區域的傳統地名，究竟是Kulrawsan（固繞尚），即河床地，還是Ma’avul（瑪阿付了），意思是熟，成熟或烤熟——除了在曝曬的田中，小米、花生與地瓜容易成熟之外，完全也有耕作的人快被太陽烤熟的意思。

過往開闊的河口景象，在這些地名中保存，然而又是什麼造成今日草木叢生的樣子呢？

事實上河床與田地兩個描述，也幾乎彼此連動——早年洪泛，把田變回河，卻又帶來土壤，族人又再創造出田。日治時築起堤防，開設圳道，種植防風林，抵擋河口的風沙（而若部落還在這裡耕作，會有風沙嗎？）在內陸發展甘蔗莊園，改變了傳統農業地景；一九四九年之後，退輔會在利嘉溪與知本溪中下游安置部隊，於日治的基礎建設上，進一步往海邊開墾出知本農場，他們從更上游處挖來沖積扇頂端深厚的土，延伸了灌溉系統，開始種稻。後來，土地私有化，許多地方開始發展釋迦果園，杭菊園，洛神花園，茗葉溫室，或者魚塭。

於是才有了眼前的排水，以及這些外來植物。

沼澤深處，象草終於逐漸減少，取而代之的是同樣來自非洲的巴拉草，幾乎鋪滿湖的邊緣，要是水能再深一點就好，再深一點，這些非洲草原，應該就會稍微退縮了。

空拍圖中，木麻黃確實因爲泡水而死去大半，但水域中的枯立木，卻成爲猛禽的瞭望棲架，每次來都可看到魚鷹，甚至大冠鷲。而這回，我們看到一隻還未成年的遊隼，在鷺鷥群飛的時候，時不時以極快的速度飛過去，隨意撲擊幾下——逞凶鬥狠的少年，彷彿在宣示這片沼澤是牠的地盤。

夥伴們討論著，是否要試著建議林管處，把周邊樹木改爲原生種造林，逐漸取代這些木麻黃？但我私心想著，若不是木麻黃，遊隼會來嗎？

木麻黃在此地算是種人文遺跡，但森林系課本都告訴我，木麻黃的遮蔽，有助於海岸造林。而作爲喬木，木麻黃也讓地景有了高低層次，這本身就是種創造棲地的生態功能——忽然又想，也許這些敘述，都可換成某種象徵性的說法，是木麻黃造就了這片水域生態，造就了我們這趟沼澤探險。我們因爲水鳥而來，水鳥則因木麻黃林，得以棲居，而木麻黃，其實也是河流歷史的延伸。樹林本身，就貯存著河畔的記憶，不，它們就是河流記憶本身，只待我們有能力時，加以解讀，解讀河流邊散落的意象，解讀河流的夢。

東部的河流時常有沒口現象，也就是河口受到海邊沙堤阻斷，直接滲入地下。但水並不眞的停滯，水滲漏，蒸騰，而植物最細微的葉脈，植物的氣孔開闔之時，水變成水氣，實體與虛空的交界之處，或許那才是河流眞正的末梢。

而走進溼地的我們，所有河畔的生態，無論在物質上，生態上，文化上，或者文學上，其實都是植物，這些生產者的某種延伸。

海岸林如夢境，奇異想法在腦中運轉，我由此回想起，那個一切思考的起點，一個賦予我眼睛的記憶地標。

基於個人情感理由，我由衷希望這片林中溼地能被妥善保存，除了再現傳說中的夢幻湖之外——我認爲這座湖，實質上可作爲知本溼地的延伸，知本沖積扇生態的延伸。也許說得精確點，它們的生態功能互相補充，鳥類會在此二地自由來去。

儘管那片沖積扇，那另外一個溼地，有著自己獨特的歷史，某種無形的地域邊界，曾限制了我的思考，但現在該是放下，把視野外擴的時候。

是那片溼地，給了我新的眼睛。

那片溼地位於另一個沖積扇，但也不過就在數公里外的南方。

蛛生

黃亭瑀

沒有孩子的我和K，在臥室豢養了一隻蜘蛛。

起初是因爲陰雨綿延，圍困住這城市。

是梅雨季嗎？那陣子，蟑螂出沒的頻率比往常高了許多。睡前走到廚房倒水服藥的時候，清晨醒來思緒滿溢的時候，開燈瞬間，經常撞見一抹惱人的褐色身影，迅速鑽進櫥櫃縫隙，或傻愣在木桌旁。雖然平時眼不見爲淨，但要是正面遇上了，那便是不殺死不罷休。適逢疫情期間，家裡囤著好幾瓶酒精，只要我驚叫一聲，K就會拿著酒精趕來，滅蟑消毒一併搞定。

這是家家戶戶慣性常備酒精、口罩與體溫計的另一年。日子拖得久了，再緊繃的神經也依循生物本能逐漸鬆懈，多數人都恢復了正常外出、社交的生活。不過，患有特殊病症如我仍小心翼翼，時刻窩在家裡，與外界彷彿隔著一層單向玻璃，裡面的人看得出去，外面的人看不進來。

某晚，我又在陽台門檻邊碰見一個黑褐色的小身影。K照例拿著酒精趕到，但他定睛細看後，竟歡快宣布：我們得救了！因爲那是一隻跳蛛，會吃食家中蟑螂、螞蟻和小蟲。起初我半信半疑，覺得蜘蛛可沒比蟑螂可愛多少。K卻認眞解釋，跳蛛和一般蜘蛛不同，牠們不會在角落結網、被動等待食物上門，而會主動找尋並撲食獵物，如同迷你版的貓科動物，而這是因爲牠們的視覺特別敏銳……。

「牠剛才抬頭看我呢。」

望著K露出遇見貓咪和小狗那般、興奮中帶著一絲溫柔的神情，我啼笑皆非。雖然我一點也不想與蜘蛛四目相接，對牠的習性也不感興趣，但如果能因此少撞見幾隻蟑螂，那就放牠一條生路吧。

小跳蛛起先躲藏得很好，但過沒多久，我們就發現牠時常出沒在廚房的木桌下，還在那裡織了小吊床似的網、睡在其中，儼然當作自己的家。K探頭靠近牠也不怕，彷彿聽得懂初次見面時，他維護牠生命的那番話。甚至，當他伸出手試圖跟小跳蛛玩耍，牠會跳上來一秒、再跳走。隔天，牠在K手上連跳了兩下、才回到牆上。有時候，牠似乎不太想搭理人，又有時候，願意上手待超過十秒。

這麼微小、簡單的生命，也有自己的記憶和個性嗎？

如此反反覆覆，固定的地點、不變的善意，K和小跳蛛彼此馴養，日益相熟。久而久之，牠竟開始大膽爬行在廚房各面白牆上，那麼赤裸、顯眼、毫無保護色。與此同時，家中蟑螂果眞愈來愈少了。我們驚喜萬分，也不在意究竟是因爲牠的獵食，或是因爲初夏到來、雨季不再，而只是一股腦地將功勞歸給小跳蛛，替牠取名爲「跳跳」。

從此，我要是再不巧偶遇蟑螂，第一聲喚K，第二聲就喚跳跳。

「牠聽到會跑出來唷。」

就在我開了這樣的玩笑之後，跳跳連續消失了好幾天，K翻遍家中角落都不見牠蹤影，落寞不已。而我，愧疚地覺得這彷彿是牠的靈性和頑皮，故意躲藏起：我可不是幫妳消滅蟑螂、任妳呼來喚去的東西噢。

我在心底向牠道歉，希望牠回來，當我們的朋友。

然而，牠一失蹤就是好幾周。

如果擁有是失去的開始，那麼不曾擁有，如何言說其失去？

跳跳不見了的那段時日，我們正好被醫生告知，以我的身體狀況，懷孕機率極低。這其實在意料之內，畢竟，我和K新婚幾年，就已經病了幾年，相關的、不相關的、醫學尚無法確知是否相關的其他身體問題，從沒少過。這一回，不過是又增添了一項。

儘管K毫不在意，愉快地勾勒只屬於我們倆的未來，但一時之間，我仍內心震盪，一波波並不洶湧、卻難以平復的悵然若失，幾乎讓我丟失繼續寫作的動力——那原是我極少數還能憑藉意志而努力的事情。

然而，不曾懷胎，生病後也早已不再想像能有孩子的我，在聆聽醫生宣判之際，究竟失去了什麼？畢竟，懷孕生產的可能性其實並非在這一刻喪失，而成爲一位母親的欲望本身也不會從此消逝。

「每個人都有孕在身。」

多年前讀到的這句話，此刻從記憶深處悄然浮現。柏拉圖《會飲篇》，從前我最喜歡的一篇對話錄，談論愛的本質、愛與美的關聯、以及愛的內在方向性。其中，蘇格拉底援引了女祭司狄奧提瑪關於愛的辯證，她說，愛是渴望永遠擁有美好的事物；愛，會讓人從愛一個特定的、美好的人，提升到愛所有美好的人事物，愛所有美好的知識，最後來到美的本身面前，看見永恆的、絕對的美。她說：

「每個人都有孕在身，精神上和肉體上皆然。人一旦足夠成熟，就會有自然的欲望想要生產，而且只能在美的環繞下生產。這個過程是神聖的；懷孕和生產，是終有一死的生物唯一能觸及永生不朽的方式。」

學生時代懷抱無限熱情的我，曾經著魔似地迷戀那對於美與不朽的追求。而如今再讀，眼中所見卻是自憐，是「創生」的侷限性，是愛與欲的先天與永恆缺陷。

初秋陽光灑落的某個早晨，小跳蛛回來了，而且，竟有兩隻。K和我擔心牠們會爭奪地盤、相互吃食，當下決定把「跳跳」豢養起來——K分別對牠們伸出手，一隻後退想逃、一隻抬頭看他，立刻就辨認出誰是跳跳了。

我們很快就發現，跳跳眞是極爲理想的都市寵物。牠不占空間，只有兩顆小紅豆那麼大，我們買了昆蟲箱，在底部鋪滿碎石，從陽台的長壽花盆栽折下一段枝葉，再擺些小木塊、小公仔，輕鬆布置出豪宅花園般的家。牠安靜，不會發出任何聲響造成干擾；牠乾淨，經常舔舐梳理自己的毛，細沙粒般的白色糞便無臭無味。牠一周只需進食一次，可以餵食蟋蟀或果蠅。牠的作息與我們同步，開燈就醒、關燈就睡，風光明媚的日子，牠特別活蹦亂跳。

最重要的是，牠和所有討人喜歡的寵物一樣，可愛又親人。

家人朋友聽到這樣的形容，全露出不可思議的表情。印象中，蜘蛛是多麼惹人厭的生物；也曾看過科學研究證實，這分懼怕是與生俱來的，因爲數百萬年前，當人類祖先還在樹上生活時，毒蜘蛛是極具威脅性的生物。

遠古時代的恐懼，流傳至今早已不合時宜，卻深深刻在我們的基因和潛意識裡。但要超越生物本性、突破心理障礙，需要的也不過伸出手掌、看進對方的眼睛。

正如我第一次鼓起勇氣對跳跳攤開掌心，而牠毫不猶豫地跳上來，抬起頭，張著兩大兩小的眼睛望著我，無辜、信任，彷彿有靈性；我感到彷彿握住初生嬰兒粉嫩的小手、而她輕輕回握，那樣柔軟的心情。

觀察討論跳跳的一舉一動，從此成爲我和K樂此不疲的事。K最喜歡看牠進食時熱切滿足的模樣，爲此用心替牠養活蟋蟀。牠捕獵時很有耐心，先從高處觀察，慢慢潛近，再快速撲跳到獵物身上，如此重覆幾次。跳跳膽小，萬一獵物回擊，牠會迅速躲回高處，不輕舉妄動。而當牠吸吮進食，小小的身軀會隨之鼓脹，能明顯看出牠吃得多飽，吃愈飽、待會睡愈久，有時甚至懶洋洋地睡上兩三天。

雖然，更久以後我們才知道，跳跳的捕獵習慣，不是身強體壯的跳蛛常見的行動模式。一般情況下，跳蛛可以輕易將獵物一擊斃命；很可能因爲跳跳前腳較短、力道不夠強勁，捕獵能力特別差。或許因此，牠打從一開始就對昆蟲箱裡的生活適應良好，看起來安然自得，從未試圖脫逃。

我則喜愛看牠跳躍，看牠認眞瞄準方向、預備動作抬起前腳、放出絲線當安全繩，偶爾沒跳準，還會被自己嚇一跳。更喜歡看牠織網，看牠大力搖擺扭動整個身軀，對著空氣反覆繪製「無限」符號，左左右右，節奏感十足。中型的昆蟲箱裡，牠織了一個又一個的窩，好像無論這世界大至天地森林、小至箱內四方，牠需要的只是讓自己在不同的角落都有地方安心躲藏。

看得出神了，我的思緒跟著牠的絲線，凌空跳躍，在狹窄的空間裡創造出彈性和可能性，同時防護我摔得一蹶不振；我的文字跟著牠扭動編織成網，由網成窩，讓我自由穿梭，供我安靜棲身。

我不再厭惡身在昆蟲箱裡的日子。

那年冬天，因爲有我們仨，窗外淒風冷雨，滲透不進屋裡的溫暖豐盛。

直到有一天，跳跳不知爲何躲進昆蟲箱頂的小縫隙裡，織了前所未有厚實的網，天天待在裡頭。K上網搜尋，判斷牠這是在蛻殼，幼年跳蛛在成年以前，都需要經過多次蛻殼，這是牠們的關鍵期，也是危險期。

愛蛛心切的我們把昆蟲箱移進臥室，每日早晚對牠說加油，在牠的窩旁邊抹幾滴水珠，保持最佳溫濕度，希望牠度過成長的難關。同時，我們也欣喜於牠還是個孩子，畢竟跳蛛的壽命僅有一至兩年，牠愈年幼，我們便有愈多時間繼續相伴。

跳跳終於出窩後，原先被養得圓圓胖胖的身軀瘦了一大圈，卻食慾不振。幾天後我們才赫然發現，牠不是蛻殼，而竟是產卵了！圓滾滾的小不點、半透明的跳蛛寶寶從窩裡爬出，一隻接一隻，那麼迷你、那麼脆弱，彷彿風一吹就會消散，卻已經能清晰看見牠們的眼睛。

正當我感動於這些意外的、奇蹟般的小生命，K卻轉頭憂傷地說，懷孕生產過的跳蛛壽命將會縮短，所以跳跳的餘生，應該比原先預估的短得多。牠更早之前的那次失蹤，也很可能是爲了生產；跳蛛只需交配過一次，就能多次產卵。

「每個人都有孕在身。」

我忽然很想吹一口氣，讓跳跳的蛛生重來，別成爲母親。

那次，跳跳生了六隻寶寶，可是牠們存活率不高，一覺醒來，就有兩隻動也不動了。孩子出窩後，跳蛛媽媽不會繼續照顧牠們，我們也遍尋不著足夠迷你的食物餵寶寶，索性將牠們放生在廚房，適者生存。跳跳對於孩子的離去沒什麼反應，在我們的加倍疼愛下日漸恢復元氣，一如往昔跟我們玩耍，在我們的手指、掌心、手臂之間流輪爬行跳躍。

可是，隔沒多久，跳跳再度產卵，而這一次，那些卵沒能孵化出任何新生命，牠自己卻因此瘦得乾巴巴，似乎耗盡了一生的氣力。

如果懷孕生產能讓終有一死的生物觸及永生不朽，或至少見證有限生命的無限性，那麼，養寵物與生養孩子，確實有本質上的相反。比起生之活力，養寵物更常觸碰到的，反而是生物的脆弱與死亡，是站在自然規律面前，感受無能爲力；是看見生物作爲群體的生生不息，同時一體兩面地，認識到個體註定與永恆無關。

永恆只屬於人類創造出的信仰。

儘管如此，這不必然指向虛無。相反地，如果愛的內在方向並非狄奧提瑪所言，是上升的階梯、目標朝向最高的美與永恆；如果所有精神或肉體上的懷孕生產，不再是爲了留下什麼、使什麼不朽，而只是單純地成爲孕育者的生活樣貌，就像跳蛛的跳躍與織網，以及養寵物帶來的歡快時光。

我們的愛與創作，也許從此更自由了。

而跳跳，我們將牠埋在牠喜愛的長壽花盆栽裡，花季將盡之際，枝葉中心開出了一朵拔高挺立、格外嫣紅的小花。後來，每當我和K遇到跳蛛、或甚至只是一般蜘蛛，總是欣喜雀躍不已，像跳蛛捎來問候，而我們仨的日子從未眞正遠去。

高山青

白靈

有誰能跟這首歌賽跑呢
全世界唱它的地方自動長出一座山
回到原鄉　這首歌開始表演裸奔
陽光正協尋　黑林裡到處是光之袖子
關於歌的故事　永遠是一團霧
小心　前頭迎面撞來的是——汽笛
明日坐上小火車　嘴裡吐著花
將整座山又載遠的　是歌　是你

——二〇一二年四月十九日

——鄧禹平作詞、張徹作曲，一九四九電影《阿里山風雲》主題曲

凝神的珠露——記兩則阿里山情緣

蕭蕭

隨意坐在石頭上
誰注意了天邊的一顆星
如何在小木屋屋頂
與霧　擦身而亮
他就會聞到阿里山茶的香氛
是三蕊落櫻的嘆息
那嘆息，僅僅爲了呼應
珠一般的露，血一般的專注

——二〇一二・四・二十四

日之出

路寒袖

每天清晨，我蹲踞山下
以熾烈的熱情醞釀出場
然後，在驚歎聲中一躍而上
而對面山脊
那無數期待的眼光
成了最敏銳的鏡頭
將我拍成他們一輩子的回憶

《馬達加斯加》系列電影裡的「現代方舟」形象

黃宗慧

《馬達加斯加》第一集劇照。

二〇一八年八月，肯亞知名景點納瓦沙湖的索帕度假村湖邊發生了河馬攻擊遊客的事件，造成一死一傷。發生了這樣一起人與動物「雙輸」的悲劇之後，許多人也才知道，河馬雖然是草食性，但作爲陸地上第三大的動物，其實發動攻擊時可以造成的殺傷力極強。

那麼，人們對河馬溫和憨厚的想像，是從哪來的呢？是否從小到大所看過的各種動畫卡通中「不必當眞」的可愛動物形象，不知不覺中還是被當眞了呢？以河馬爲要角的《馬達加斯加》（Madagasca）或者可以作爲探討的起點，讓我們檢視動畫中的動物形象是否出了甚麼問題。

真實世界中的「不可能」

如果說迪士尼的《海底總動員》從第一集「進展」到續集的過程裡，是想往更貼近眞實也更符合動保觀念的方向走，那麼以動物園中的明星動物愛力獅與牠的一群好友——馬蹄（斑馬）、長頸男（長頸鹿）、河馬莉（河馬）——爲主角的《馬達加斯加》系列三部曲，則彷彿完全沒有這樣的包袱。

甚至從一開始，這部動畫就像是要以奇特且完全違反自然的角色設定，來告訴觀眾切勿實事求是，畢竟獅子和斑馬是莫逆之交、長頸鹿和河馬跨物種也要相戀這樣的安排，原本就是要觀眾暫時放下質疑、準備好進入動畫的異想世界。

事實上，《馬達加斯加》系列的主角們之所以能展開一連串的歷險過程，也是奠基於一個眞實世界中的「不可能」：第一部中原本生活在中央公園動物園裡的主角群，因爲馬蹄逃離了動物園，決定去尋找牠，因而在紐約街頭亂竄，甚至闖入地鐵引起大騷動，當園方趕到中央車站尋獲所有走失動物時，用麻醉槍制伏了牠們，還遵從了動保人士的請願，把牠們裝上貨輪、準備送回非洲老家。也就是有這樣的「起步」，才會有後續的迷航、以及在馬達加斯加島上歷險的故事。

然而現實中，不要說動物園中的動物闖入充滿人潮的都市了，就算是反過來，是人類闖入動物生活的空間，動物都難逃被射殺的命運。二〇一八年八月，肯亞知名景點納瓦沙湖的索帕度假村湖邊發生河馬攻擊遊客的事件後，河馬立即被當成兇手擊斃，正是血淋淋的例子。因此，逃離動物園的動物反而幸運獲釋回非洲這種安排，如同再次提醒觀眾：不用太認眞，這就是一部動畫，什麼都可以發生、什麼都不奇怪！

既然如此，爲何還要多此一舉地研究《馬達加斯加》如何再現動物園形象，甚至從動物倫理的角度來檢視這三部曲？

原因在於，這三部曲的安排，透露了對動物園、乃至對動物表演，極爲値得玩味的人類想像。第一集描述動物們逃離動物園，又誤入馬達加斯加，第二集則讓牠們體驗到「應有的」自然非洲生活，第三集中，動物們又因想念動物園而試圖回歸，卻在曾經滄海之後，覺得「回不去了」，於是選擇加入馬戲團。

以上的種種安排都頗耐人尋味，也因此，透過思考影片中不時出現的矛盾與曖昧訊息，將能幫助我們重新探討：「動物園到底是誰的快樂天堂？」「在動物園的動物是否可能比野外的動物過得更好？」「動物園眞的是現代方舟嗎？」等等問題。

當然，以上這些問題如果由反對動物園的動保人士來回答，答案毫無疑問地將十分明確：動物園不過是爲滿足人類、娛樂人類而服務的，動物園中的動物被迫在不自然、通常過於狹小的圈養環境中生活，完全不符合動物福利的要求。然而，彷彿是要質疑這些對動物園全然負面又過於篤定的結論，《馬達加斯加》從第一集開始，便時不時營造出一種動物在動物園也可能很快樂、「動物本身也可能樂於表演給人類看」的印象。

《馬達加斯加》第三集劇照。

「動物都是自願的」

美國作家亞當斯（Carol Adams）在《食肉與色情》（The Pornography of Meat）一書中曾提醒我們，許多廣告傾向於將動物與誘人的女體形象結合，例如讓雞掀起迷你裙說自己「腿讚，胸部棒」，這類呈現方式，都是爲了傳遞非人動物自己想要被人消費的訊息：動物想要你，別亂說什麼受苦、屠宰、非人道處理。沒有的事，是牠們自己想要的。

的確，廣告透過置入「經濟動物們都是自願被吃的」這種暗示訊息，很可能可以讓人減輕因肉食產生的罪惡感，或至少不用去思考亞當斯所說的，「肉品在成爲某人的樂趣來源之前，曾經是他者的生命」這樣沉重的議題。

同理，面對「動物園的動物在提供人類歡樂之際，本身的生命是被剝削的」此類來自動保界的聲音，如果人們能相信，動物園裡的動物不但比野外的動物幸福，甚至牠們也可能「享受與人互動」「喜歡表演」，那麼好像就可以「皆大歡喜」了。《馬達加斯加》裡的愛力獅，正具有這樣「安撫人心」的功能，因爲牠完全被刻劃成一隻自願表演、甚至是熱愛表演的獅子。

「讓動物回歸自然眞的好嗎？」「動物難道不可能喜歡動物園的生活嗎？」從第一集開始，這兩個提問，以及時而搖擺不定的答案，就不時出現在影片中。一方面，我們看到由馬蹄所代表的，對於動物園生活的質疑。

馬蹄在第一集開始就明確表達了牠已在動物園待了十年、不想就這樣下去的心意；夢想回歸自然的牠，第二集中也亟欲加入其他斑馬的群體生活之中，到了第三集，當馬蹄和朋友們歷經劫難回到動物園前，卻紛紛對這個「家」感到陌生懷疑時，也是牠看著園內的壁畫——其中奔馳的斑馬與大象、長頸鹿同處於大自然景色之中——發表了「畫得一點也不像眞的，對吧？」這樣的評語。

相較於第一集裡牠看到馬達加斯加的日出美景時，天眞地讚嘆「和動物園牆上的畫一樣」，第三集中關於「畫出來的自然絕非自然」這樣的「覺醒」，幾乎要讓人覺得，這和動物福利觀念中對於動物園的批判簡直如出一轍。

凝視被圈養的野生動物

舉例來說，英國藝術評論家約翰．伯格（John Berger）早在一九七七年《爲何觀看動物？》（Why Look at Animals?）中，就曾批評動物園裡的種種裝飾都只是爲了製造假象：在被剝奪了自然環境的動物們身後畫上大草原或是水塘，或頂多在動物所在的空間，象徵性地增加一些能指涉牠們原本生活環境的東西，諸如給猴子樹的枯枝、給熊人造岩石、給鱷魚淺水與小石子等等，但這些都像劇場使用的小道具，只是給觀眾看的。

而動物呢？侷限在如此虛假的人爲環境中，過著隔絕、與其他物種沒有互動的生活，牠們只能變得完全依賴餵養者，大部分的行爲反應也因此都產生了變化，以至於對發生在周遭的一切事物顯得沒有反應、漠不關心。伯格觀察到，在這虛假的人造空間裡，動物們總是傾向於縮在邊緣角落，因爲牠們以爲，「在邊緣之外或許存在著眞實的空間」，伯格不無感慨地做了這樣的註解。

像是呼應這種觀點似的，法國攝影師裴歐（Eric Pillot）的作品《此處》（In Situ）收錄了一系列他在歐洲的動物園所拍攝的照片，其中用以圈養野生動物的空間全都因過於人工化地想模仿動物原本的居住環境，顯得分外滑稽又悲哀，例如把牆壁塗成非洲大草原的樣子，或是爲企鵝畫出冰天雪地、爲落單的紅鶴畫上幾隻同類。

據報導指出，In Situ是一個拉丁文詞組，字面上的意思是指「在原位」，透過這系列照片，攝影師想說的是，動物園裡的環境，像是在提醒這些憂鬱的動物們，這就是圈養的世界了，不必再眷戀野外的生活。

無獨有偶地，台灣視覺藝術家羅晟文以北極熊爲主角的系列攝影《白熊計畫》，也呈顯了世界各地的北極熊生活在動物園人工場景中的荒謬，以及其中透露的問題：

在圈養機構有限的空間和預算下，家與舞台間的混搭似乎滋生著不安的美感，以及值得省思的展示動物問題……沒有機構有能力模擬北極熊原始棲地的尺寸和環境，遊客永遠不會看到冰山與積雪。取而代之，映入眼簾的是草原、泳池、假山、海豹玩具、輪胎、彩繪冰山以及白色油漆。

羅晟文於是說，白熊與人造場景的搭配是「詭譎的視覺組合」，這也「象徵了當前人類與自然生態間的關係」。

《馬達加斯加》第二集劇照。

動物園不該是動物的歸宿？

如果《馬達加斯加》裡對於人工化動物園的批評，始終都像馬蹄後來的了悟那般明確，或是如果馬蹄在警醒到動物園不該是動物的歸宿之後，並非選擇以馬戲團爲出路，那麼我們或許可以說，這系列的動畫在動物倫理意識上是有改變與進展的，甚至與上述藝術評論家及攝影師們的觀點遙相呼應。

但情況並非如此，因為另一方面，我們不斷看到「弱肉強食的野外是危險的」這樣的暗示出現，而且比起針對動物園的隱晦批判，這類暗示訊息的比例可說高得多。

最明顯的例子，就是第一集裡主角們目睹弱肉強食的景況迅雷不及掩耳地發生時，所流露的震驚與無可奈何：到馬達加斯加不久，馬蹄、長頸男與河馬莉先是被食蟲植物的「獵捕」能力驚嚇，又接連看到老鼠被蛇吞下、被鳥攫走，再也承受不了這些慘況的馬蹄，於是在看到一隻小鴨落單時，立刻叼起牠狂奔，但才正欣喜於護送牠到安全之地，就眼見小鴨落入躍出水面的鱷魚口中。

大自然對這群動物的震撼教育似乎還不僅止於此，回歸自然的愛力獅在叢林法則的考驗下，不斷面臨「不適者淘汰」的處境。在第一集中，沒了動物園裡不虞匱乏的食物供給，虛弱無力的愛力獅差點變成想吃朋友的「禽獸」，把馬蹄和其他所有周遭動物都看成肉排，後來還是靠著企鵝教牠吃魚，才解決了這個問題；到了第二集，牠又因為只會跳舞玩耍，無法適應公獅子間打鬥競爭的世界，而差點被驅逐出去。

除了以愛力獅的遭遇凸顯野外生活的嚴峻，長頸男與其他長頸鹿之間的對話也是另一個例子。當長頸男的同伴告訴牠，在野外如果生病，就只能到「等死洞」等死時，牠感到非常錯愕，因為牠所待的動物園，有先進的醫療設備為動物們準備著。

這樣的情節隱然呼應了支持動物園者的說法：動物園為動物提供了更安全的環境以及牠們所需的醫療，園內的動物因此甚至比野外的動物更長壽；第三集一開始時，這群動物更是明顯表現出對於野外生活的水土不服，牠們的惡夢竟然是害怕困在非洲老死，還以泥土模型打造出紐約中央動物園、想念著動物園的家，凡此種種，都可以說明此系列動畫就算沒有挑明替動物園背書，但至少不願輕易提出批判。

「沒有動物」的世界，就不會有「痛苦的動物」？

然而從動物福利的觀點來看，《馬達加斯加》系列看待動物園的方式又眞的全然說不通嗎？如果依照對動物倫理學影響甚深的哲學家邊沁所提出的效益主義（utilitarianism）立場，以受苦的程度來評估對待動物應有的方式，那麼難道動物園不是確實可能讓動物承受比較少的痛苦嗎？

甚至不要說是動物園裡的動物了，連被人類畜養的經濟動物，看在《吃的美德》一書的作者朱立安．巴吉尼（**Julian Baggini**）眼裡，都因爲可能符合「承受較少痛苦」的倫理原則，而比野生動物來得幸福。

巴吉尼不但在談到狩獵問題時表示，野生動物被人射殺往往比死在獵食動物的尖牙利爪下更不痛苦，所以「死在我們手上不比其他死法差，甚至常常是更好」，而且認爲比起野生動物，管理有方的農場所畜養的動物「簡直像中樂透，過著在野外闖蕩的表親望塵莫及的生活」，

因爲牠們所受的痛苦比一輩子在野外生活的動物少：後者沒有獸醫爲牠們治病，也不太可能死得乾淨俐落。找部野生動物的紀錄片來看，你就會發現野生動物爲了吃飽要互相競爭；幼獸多半出生幾個禮拜就死去；弱者很容易被淘汰，不是被獵食動物叼走，就是被更強悍的兄弟姊妹搶走食物。

巴吉尼對野生動物生活的評價，和《馬達加斯加》系列所透露的觀點，其實相去不遠，只是明說與暗示的差別。

效益主義在很多情況下確實可以提供我們一個相當實用的判準——當人類不可能完全避免利用動物時，效益主義「減輕不必要的痛苦」這套原則，讓很多想以比較友善或人道方式對待動物的人，至少有了可以有所作爲的施力點。但這套原則如果無限上綱，也可能非常弔詭地得出「一個世界如果全然沒有動物，那麼，由於這個世界裡也不會有動物的痛苦，反而是一個比較好的世界」這樣的結論。

較少痛苦＝比較幸福？

如果我們以美國當代哲學家納斯邦（Martha Nussbaum）的「能力取向」論來看動物園的問題，得到的結論將完全不同。

納斯邦並不認爲痛苦或快樂可以用加總的方式來評估衡量，也因此不像效益主義那樣，認定較少的痛苦就必然是好事，她除了指出有些快樂本身甚至就是壞事——例如觀賞馬戲團表演的觀眾所得到的快樂——並表示動物和人一樣，生命裡有比「快樂」更重要的事情，諸如擁有活動的自由、身體能力得到發揮、爲親族與群體做出犧牲，對牠們來說都可能是快樂以外的價值。

甚至動物失去父母子女時感到的悲傷也是有價值的，因爲這種情感羈絆的本質是美好的，所以如果以「較少痛苦」爲判準，認定動物活在動物園、在管理良好的農場裡，就必然比較幸福，顯然是納斯邦的動物倫理立場所不能認同的。

納斯邦提出的主張是，如果我們承認，讓一個生命盡量活出本性（flourish）、以其應有的方式運作，是一件符合正義、具有道德意義的好事，那麼這樣的正義理論也可以推廣到動物身上。如果一個生命主體具有某些能力，但這些能力，特別是關乎其基本權利（basic entitlements）的能力，卻不被允許發揮，這就是一種不正義，因此，不管是人活得不像人，或是動物活得不像動物，都是不正義。

一旦我們把活出本性、讓動物活得像動物這樣的條件放進動物倫理的考量裡，動物園可能面臨的質疑和挑戰自然會更多，因爲動物的「能力」，在動物園裡都是被限縮甚至消失的。

這樣再回頭來看《馬達加斯加》對愛力獅這個角色的設定，不得不說是很有技巧的——當牠被塑造成「天性喜愛表演」時，觀眾的確較不容易去思考「動物被剝奪了什麼」這種問題。甚至愛力獅以跳舞娛樂人類的一技之長，還在第二集中成爲化險爲夷的利器，幫助動物們度過難關，而牠靠著跳舞就讓人類放下槍桿的功夫，甚至贏得父親的認同。

儘管父親曾經說牠「不會打架，不是眞的獅子」，最後卻和牠一起在人類面前載歌載舞起來。一旦愛力獅的「能力」被刻畫爲以跳舞取悅大眾、自己也得到滿足，動物表演涉及的剝削問題、動物園禁錮生活讓動物本性漸失的問題，不就都迎刃而解了？

於是我們看到，熱愛表演的獅子在第三集中成爲馬戲團的靈魂人物，不但鼓勵曾因跳火圈失利而垂頭喪氣的老虎找回熱情、挑戰更高難度的表演，還把動物表演當成「動物力量」的展現，並認爲觀眾對馬戲團之所以失去興趣，是動物先失去了表演的熱情才造成的，這一連串無視表演動物問題的失眞設定，終於讓故事的結局，荒謬地安排動物們以馬戲團爲歸宿。

當動物園不再是理想的家時，馬戲團竟然才是安身立命之地，對動物解放運動者來說，這應該會是讓人瞠目結舌的結局。「動物是自己想要娛樂人類的」，藉著動畫，我們繼續這樣相信，於是，動畫內的動物去了馬戲團，動畫外的動物，也依然不得解放。

我家門前有小河

朱天衣

我一直覺得我的父母容忍度很高，從小我甚麼都養，自己抓來的魚、蝦、螃蟹、蟲蟲、蝌蚪就不用說了，別人送的鱉、龜、鳥也養得不亦樂乎，連沒長毛的小老鼠、還不會飛的蝙蝠、從植物園撿回來的小松鼠，也總有辦法把牠們照顧得妥妥當當的，唯一的遺憾是沒養過蛇，尤其是知道《白蛇傳》故事後，對蛇族更是充滿了遐想。所以之前新聞報導一個國中男孩在校園拾獲一尾白蛇（其實是雨傘節的白子突變），帶回家養後被噬，差點送命時，我是完全的理解，因爲這也是我會幹的事。我相信若小時候眞的帶條蛇回家，父母大概也不會太吃驚。

小時候住的是眷村，空間小得可以，院子狹仄的晾了衣服就難旋身，而母親還讓我在那兒擺了個大澡盆，長年養著魚蝦螃蟹龜鱉之類的水族，至於不滿三坪大的客廳，除了人來人往、貓狗喧騰，各式家俬上能置物的空間，也被我瓶瓶罐罐養了無數魚和蟲，尤其是溪溝裡撈來的三斑魚（臺灣鬥魚），怕牠們打架，更得一瓶一隻隔離飼養，所以有時坐臥其間的貓咪伸個懶腰，即刻便惹來一場災難。魚要救、漫了水的電器也要救，還有一地的碎玻璃要收拾，但也沒見母親抱怨，只聽父親慨嘆，以後搬家有院子，一定要幫這個小女兒挖個水池，好養魚養個過癮。

後來眞的搬家了，雖有些院子，但要找到安置水池的空間實在不容易，爲此父親對我一直心存歉意。現在我有了自己的家園，院子大到可以容納好多的同伴動物，還可以挖兩個大水池養魚，一大堆水生生物也不請自來，如果父親知道了，一定會欣慰不已。

其實除了這兩口池子，緊挨著我們的地緣，便是一條清澈不已的溪流，約有十公尺寬，即便是枯水期，這溪流頂多是水位低了些，卻從未影響它的澄澈，溪裡孕育無數生命，魚蝦仍是大宗。魚有溪哥（有的已大到二十公分長，鰭尾俱滾了黃邊）、石濱、一枝花、香魚（有人放養的），以及保育類的臺灣鯝魚，也就是俗稱的苦花，至於鱸鰻，雖難見其蹤跡，但不時會聽到有人捕獲，所以只要看這些魚種，便明白這溪流的水質有多麼好。

每天清晨，我們餵鵝時，會順便撒一些麥片在溪裡，這些蒸熟噴香的麥片，總能引來一群又一群的魚族來搶食，後來餵得久了，一看到人影出現在岸邊，溪裡便是一陣騷動。魚族們紛紛奔相走告：「吃飯啦！吃飯啦！」瞬間便聚集了三、五百隻的魚兒來覓食，這不禁又讓我們有些焦慮，若是遇著垂釣者，牠們也那麼歡欣雀躍，不就倒大楣了！於是我們只得在溪底扔些樹枝雜草，讓那些釣者知難而退。

這溪和人的脾氣有些像，愉悅時輕輕緩緩的流淌而過，上游下游的魚兒們可以來來去去串門子，有時其間夾雜著幾尾鮮橘的小錦鯉，想是從人家池塘裡投奔自由出來的，雖說魚種不同，看牠們彼此倒沒甚麼嫌隙，一樣在水窪深處快樂戲水。

但這溪也有生氣的時候，只要雨水落得急些，水流即刻變了顏色，黃濁的水奔流而來，水位頓時漲到令人心驚的地步，若遇到颱風，那溪眞可用暴怒來形容，不僅水位漲到三公尺高，連溪底的大石頭都會因爲滾動碰撞，發出轟然巨響，有時站在伸手即可碰觸到水的岸邊，看著急速衝過眼前的滾滾黃水，聽著那轟隆隆的響聲，眞的會被大自然的力量懾服，我也終於明瞭爲什麼有人把河川取名爲「怒江」，因爲它們暴怒起來，眞的是令人印象深刻。

等水退了，溪水恢復了原來的澄澈，才會發現溪底的地形地貌全改變了，除了大石塊全換了樣，連靠岸的雜草雜物也全消失了蹤影，這時的小溪特有著一種清新的風貌，彷彿一切又重新開始，它藉著一場大雨洗滌了自己，也把人們製造的髒亂一併帶走了。

當然小溪不只會帶走一些東西，它也會送來一些禮物，曾經它送來一整群的白鴨，鑑於我們家的狗兒狩獵工夫高強，深怕這些鴨子淪爲狗兒們利齒下的亡魂，只得搶先一步下水捕捉，先還擎著大網打算撲撈，卻沒想到這些鴨子不知是嚇呆了，還是乖的可以，任我們手一伸、抓著脖子就上岸了，有的還一抓就兩隻，跟採果子一般俐索，那回一共抓了十二隻鴨，也不知如何處理，最後只得送給原民鄰居去也。

後來時不時的會有幾隻野鴨闖入我們這段水域，這野鴨就沒那麼好對付了。因爲牠們會飛，但又飛不遠，那撲撲跌跌的模樣，對狗兒來說簡直是挑釁，若未即時制止，狗群們即刻就會展開圍捕動作，這時我們便如臨大敵般，一邊制止狩獵者，一邊驅趕誤入險境的獵物，這所有動作都是在佈滿石頭、湍急的水流中進行，哇！那眞是高難度的任務。後來有經驗了，每當警報響起，眾狗兒們對著溪裡狂吠，第一件事就是先把狗兒一隻隻栓❶起，狩獵者無法動彈，再好整以暇的趕走那些笨鴨子。

這溪還會帶來另一樣寶貝，那就是石頭，每次大水過後，總會從上游沖下一些奇石，像白玉一般呈半透明狀的「白蘿蔔」，關西著名的黑石，以及一些形狀奇特的怪石，有時我也會下溪裡撿拾，但是浸在水裡、尤其是流動的溪水裡，再經陽光照耀的石頭特別的美，一旦撿回來擱在空氣中，它們就像失去了水的魚兒，消失了生命，原本的光澤全走了樣，於是我又把它們放生回水裡，讓它們回到自己的家，它們在那兒才會恢復生氣、才會快樂。

住在山裡，最重要的就是水源，尤其是自來水到不了的地方，汲水方不方便，水質好不好，關係著這塊地能不能住人，雖然我們喝的、用的是自己地上的湧泉，但有這麼一條溪相伴，還是讓人充滿了安全感，這溪也讓我們的生命豐富了許多，雖然它不是專屬於我的，但卻常唯我所獨享，這是多大的福份呀！

❶應是「拴」。

仲夏友人來訪，這溪便成了我們的客廳，大家坐在石頭上促膝而談，兩畔綠樹成蔭正好遮去灼灼烈日，雙腳泡在沁涼的水裡，甚至整個身子都浸在水裡也可以，任飽涵水意的涼風吹撫著周身，炎夏裡還有比這更愜意的享受嗎？

但多半時候，我喜歡靜靜坐在窗前或陽台上，看著溪裡的魚兒們，因啃食青苔翻著鱗片，看著各種鳥獸來此飲水覓食，看著這小溪從我眼前緩緩的流過，它就像生命的長河，是不會回頭的，它會奔向哪兒？這不重要，重要的是沿岸的風景，以及它所孕育的無數生命。如果你願意靜下心來聆聽，那湍湍溪水會告訴你一個又一個屬於這些生命的故事。

國家圖書館出版品預行編目(CIP)資料

大學國文選. 下冊／輔仁大學國文選編輯委員編著. -- 一版. -- 臺北市：五南圖書出版股份有限公司, 2025.02
面； 公分
ISBN 978-626-423-108-4（平裝）

1.國文科 2.讀本

836 113020477

1XPO

大學國文選（下冊）

編 著 者 — 輔仁大學國文選編輯委員
主　　編 — 王欣慧
召 集 人 — 林郁迢
編　　撰 — 王秀珊、余育婷、李鵑娟、邱文才、林郁迢
陳恬儀、黃培青、黃澤鈞、劉雅芬、鍾秩維
編輯主編 — 黃惠娟
責任編輯 — 魯曉玟
封面設計 — 韓衣非
出 版 者 — 五南圖書出版股份有限公司
發 行 人 — 楊榮川
總 經 理 — 楊士清
總 編 輯 — 楊秀麗
地　　址：106台北市大安區和平東路二段339號4樓
電　　話：(02)2705-5066　　傳　　真：(02)2706-6100
網　　址：https://www.wunan.com.tw
電子郵件：wunan@wunan.com.tw
劃撥帳號：01068953
戶　　名：五南圖書出版股份有限公司
法律顧問　林勝安律師
出版日期　2025年2月初版一刷
定　　價　新臺幣250元